AMOR en la gran CIUDAD

AMOR
en la gran
CIUDAD

Park Sang Young

Traducción de Héctor Nicolás Brasseas y Jo Soo Mee

Ọ Plata

Argentina – Chile – Colombia – España
Estados Unidos – México – Perú – Uruguay

Título original: 대도시의 사랑법 *(Love in the Big City)*
Editor original: Changbi Publishers, Inc.
Traducción: Héctor Nicolás Brasseas y Jo Soo Mee

1.ª edición: mayo 2026

© 2019 *by* Sang Young Park
All rights reserved
Este libro se publica en virtud de un acuerdo con Changbi Publishers, Inc.
c/o KCC (Korea Copyright Center Inc.), Seoul y Chiara Tognetti Rights
Agency, Milan.
© de la traducción, 2026 *by* Héctor Nicolás Brasseas y Jo Soo Mee
© 2026 *by* Urano World Spain, S.A.U.
López de Hoyos, 92, Planta Baja Derecha – 28002 Madrid
www.letrasdeplata.com

ISBN: 978-84-10439-27-6
E-ISBN: 979-13-87899-86-8
Depósito legal: M-6.159-2026

Fotocomposición: Urano World Spain, S.A.U.

Impreso por: Rodesa, S.A. – Polígono Industrial San Miguel
Parcelas E7-E8 – 31132 Villatuerta (Navarra)

Impreso en España – *Printed in Spain*

Jaehee

CAPÍTULO UNO

Entré al Salón Esmeralda del segundo piso del hotel. ¿Había dicho que eran unos cuatrocientos invitados? A simple vista, parecían bastantes más. Me senté en el asiento con nombre cerca del podio y miré las mesas a mi alrededor. Estaban sentados los compañeros universitarios de la carrera de Literatura francesa, envejecidos a su ritmo. ¿Pero cuántos son? Con que este es el resultado de que Jaehee fuera a tantas reuniones de compañeros o de excompañeros, y a las fiestas a las que la invitaban. Su capacidad de socializar era, la verdad, casi asqueante. Saludé a compañeros que no veía hacía cinco, o hasta diez años. «He oído que eres escritor. Felicitaciones». «No seas cortado». «Entre los chicos se rumoreaba que te habías muerto, pero estás vivo y coleando». «¿Dónde puedo leer tu novela? No la encontré en internet». «Se ve que escribir te ha desgastado. Has engordado mucho». «¿Todavía bebes tanto...?».

Mi libro se está por publicar, alcohol ya no bebo tanto. Ustedes también están viejos y gordos, y si siguen hablando así, están provocando a ese borracho que conocen. Eso quería decirles, pero como un treintañero en sociedad educado, los dejé pasar con una sonrisa calma. Si alguien me dijera que leyó mi novela, le diría que es todo inventado. Me divirtió tener preparada una respuesta a algo que ni sabía si me iban a preguntar. Si el exceso de autoconciencia fuera una enfermedad, yo era terminal.

—En breve comenzaremos con la ceremonia. Pedimos a los invitados que tomen asiento.

El maestro de ceremonias era amigo del marido de Jaehee. Tenía la mandíbula pequeña y la piel grasosa; definitivamente, no era mi estilo. Además, se le notaba el dejo de Gyeongsang-do y tampoco era buen conductor. Creo que dijo que era periodista. Yo soy mucho mejor que él. Esa maldita costumbre. Sin razón, me dio rabia.

Al costado del podio, proyectaron fotografías de Jaehee y el novio en la pantalla, de mala calidad, tomadas con móvil. Las miré bebiendo una copa de vino tinto tras otra. Chulgoo, que hace poco había cambiado de trabajo al Banco de Empresas, me pinchó la cintura con el dedo.

—Dime honestamente. ¿Qué pasó entre Jaehee y tú? ¿Son ciertos los rumores?

Son ciertos, pero tú, Chulgoo, no eres quién para preguntar.

El verano de nuestros veinte años, Jaehee y yo nos volvimos cercanos de golpe.

Yo, que en esa época le daba lo que quisiera al que me invitara unos tragos, estaba en Itaewon besándome, como siempre, con un hombre de edad dudosa en el estacionamiento del Hotel Hamilton. Creo que me había invitado a unas seis copas de tequila en el bar del subsuelo del hotel. Parecía que la luz de la luna, el alumbrado de la calle, y todas las luces de neón del mundo estaban proyectados sobre mí; y en el oído sonaba Kyle Minogue. No importaba con quién. Lo importante era que estaba con alguien en esa calle oscura de la ciudad, por eso mezclé la lengua con ese desconocido. Cuando empezaba a sentir que el mundo entero ardía por mí, en ese momento, alguien me golpeó la espalda con fuerza. A pesar de mi ebriedad, estaba seguro de que era un acto de odio contra la minoría. Con la imaginación de una *drama queen*, despegué los labios y giré la cabeza bruscamente. Estaba listo para una riña, para una pelea cuerpo a cuerpo, cerré fuerte el puño; pero delante de mí estaba Jaehee. Como siempre, con un Marlboro manchado de lápiz labial. Sentí que se me iba la borrachera. Ella vio mi cara de susto, y se rio sin parar. Con su típica voz chillona, gritó:

—¿Por qué directamente no te lo comes?

Sin pensar, le dije «¿qué te importa?», y solté una carcajada. Entretanto, el hombre al que besaba desapareció, y aún no recuerdo quién era. Pero sí recuerdo, vagamente, la conversación que tuve con Jaehee en el estacionamiento.

—No le dirás a nadie en la universidad, ¿no?

—Claro que no. Dinero no tengo, pero sí lealtad.

—¿Te asustaste? Yo con un hombre…

—En absoluto.

—¿Desde cuándo lo sabes?

—Desde que te vi.

Esa clase de conversación trivial.

Hasta entonces, yo no la conocía bien. Solo sabía que siempre usaba pantalones cortos y que al final de cada clase corría a fumar afuera del edificio, más rápida que nadie. La verdad, la reputación de Jaehee entre los compañeros era de lo peor.

Yo, lo «marginal» en persona, no lo fui desde el principio. Solo por ser más grandote que los varones en general, los compañeros de años superiores me invitaban a sus reuniones en «habitaciones privadas». Su diversión era siempre la misma: jugar al billar, o ir a algún café de juegos de PC, luego ir a un restaurante cerca de la universidad, donde bebían *soju* a borbotones con un plato salado. Luego iban a alguna habitación que estuviera en mejor estado para hablar de mujeres, y caer dormidos roncando. Eso era todo. Muchachos de veinte y veintiún años, haciéndose los importantes, hablando sobre su gran hazaña sexual, sobre las mujeres con las que estuvieron, quién era la más fácil de las compañeras. Ese tipo de tonterías. Y entre esas conversaciones, Jahee era un personaje recurrente. Seguramente, más de la mitad de las historias eran inventadas. Un día, me sorprendí de tener que escucharlos, y grité, borracho: «Pendejos malformados, dejen de inventar fanfarronadas». A su vez, pateé y tiré la mesa. Desde entonces, no me volvieron a invitar. La psicología de masas es paradójica; por eso, el que era parte del grupo y luego fue expulsado se convierte en la víctima más sabrosa. Ellos, que se habían aburrido de hablar de las alumnas que recién entraban, habían virado su tema de conversación hacia mí, que parecía homosexual, que frecuentaba un bar en Itaewon, y otros rumores típicos de un veinteañero. Solo la mitad de lo que decían era cierto. (La realidad siempre supera a la imaginación). En menos de un semestre, cuando ya casi no había nadie que no me conociera, me llegó ese rumor y quedé como un idiota. Cuando pensaba que ya no podría hacer amigos en la facultad, lo normalicé pensando que de todas maneras ninguno era buen bebedor, y tampoco eran divertidos. En ese entonces fue cuando Jaehee llegó a mi vida.

Sin planearlo, mi secreto se reveló ante ella y desde entonces comenzamos a compartir conversaciones banales sobre hombres. Ninguno de los dos tenía con quién compartir esas charlas, por eso teníamos tantas ganas de hablar.

Nuestro pudor era un poco vago, mejor dicho, era inexistente; y en ese sentido, compartíamos la misma fama cada uno en su mundo. Jahee medía 1,67 con 51 kilogramos, y yo 1,77 con 78. Ambos éramos un poco más altos que el promedio, no éramos guapos, pero tampoco horribles; suficiente para ser compañía sin causar vergüenza. (Cuando gané el premio «Revelación» por mi novela, la frase más recurrente de los jueces fue: «Tiene capacidad de autoevaluación objetiva»). El mundo estaba preparado para explotar con el cuerpo pobre e imprudente de un veinteañero. Por eso nosotros encontrábamos hombres sin dificultad, bebíamos con ellos y a la mañana siguiente, nos reuníamos en la habitación de alguno de los dos, con una mascarilla sobre las caras hinchadas, y compartíamos información sobre los que habíamos conocido la noche anterior.

—Dijo que trabaja en una empresa que fabrica ropa de montañismo. Tenía el pito pequeño, pero le doy cincuenta puntos porque sabía tocar muy bien.

—Dijo que estudió estadística en la Universidad de Yeonsei, pero me pareció mentira. Tenía la cara plana y cada vez que abría la boca, se notaba que tenía la cabeza hueca. Me hizo gracia.

—Me quiso grabar, por eso le arranqué el teléfono. Dijo que lo quería ver él solo, ¿quién se cree esa patraña?

Así, cuando nos cansábamos de poner verdes a los hombres, se nos cerraban los párpados y con la mascarilla ya seca, nos quedábamos dormidos uno al lado del otro. Generalmente me despertaba yo primero, que era de poco sueño a la mañana; y la dejaba dormir, tapada hasta la cabeza. Preparaba alguna sopa de pescado seco o ramen instantáneo, y la despertaba el olor. Comíamos con kimchi y arroz frío. Con los días, en la habitación de Jaehee estaban mi cera de cabello y mi afeitadora Gillette, y en mi habitación, quedaba su lápiz delineador de cejas, y su polvo compacto. Cuando estaba solo, usaba el lápiz de ella para rellenarme las cejas, y me espolvoreaba sin sentido alguno con su polvo compacto. Ella no sabía de esto. Cada vez que lo hacía, pensaba que, quizás, ella también utilizaba mi Gillette para depilarse las piernas y las axilas.

Fue en la primavera de sus veintiún años cuando Jaehee cortó contacto con sus padres. Ni ella ni yo teníamos buena relación con los nuestros. No eran malos ni nada; solo eran padres conservadores de la clase media común. Como la mayoría, nos sofocaban con sermones, pero a su vez eran muy infieles a sus parejas, o estaban enloquecidos por alguna religión, por invertir en acciones o por una estafa piramidal. En mi caso, a pesar de detestar a los míos, tenía la perversidad de querer sacarles el mayor provecho (¿será por eso que cada día parezco más malo?), por eso hablaba con mi madre, y todos los meses recibía de ella unos miles de wones. En cambio, Jaehee, tras una fuerte pelea, había cortado contacto con ellos, y hasta se había negado a recibir su soporte económico. Sin lugar a dudas, era una mujer con determinación.

El primer trabajo que consiguió fue en la cafetería de barrio Destiné. No había elegido ese lugar por su cartel elocuente con la palabra «destino» en francés, sino porque era de las pocas cafeterías de barrio en la que se podía fumar, por eso dijo que le gustó de entrada. El aspecto de Jaehee, que preparaba café fumando un cigarrillo, denotaba el encanto de una muchacha en sus veinte años, inocente e indecente. Cada vez que yo tenía un nuevo candidato, lo llevaba a Destiné y recibía una especie de «evaluación». Ella opinaba que era experto en seleccionar sexópatas de mal carácter. En retrospectiva, tenía razón.

Trabajaba en la cafetería de día, y de noche daba clases particulares; aun con dos trabajos, en las madrugadas se esforzaba por salir de fiesta. Mientras, seguía yendo a clase, y no tenía malas calificaciones. Era mejor que el promedio en todo lo que hacía, salvo en elegir hombres; y no había nacido con la capacidad de deshacerse de ellos a tiempo. Por eso, era yo el que solía enviar mensajes de despedida o rechazo por ella. Yo, en cambio, era casi un experto en el tema. No era difícil, solo tenía que repetirles lo que me habían dicho innumerables veces los hombres que me rechazaban. En ese entonces, me valoraba como la alfombra de entrada de un restaurante. Alguien que estaba de paso para la gente, para que se limpiasen los pies, esa clase de ser. (¡Capacidad de autoevaluación objetiva!).

En la época en que *Abrakadabra* de Brown Eyed Girls causó sensación en todo el país, me llegó la orden de reclutamiento al ejército. Como había oído de una persona que había padecido su paso por el ejército cuando descubrieron que era gay, por una carta que su novio le había mandado y decía: «Para el amado de este hombre», le pedí a K, con quien me veía en ese momento, que me enviara las cartas a nombre de Jaehee. Ella era una buena cortina para estos casos. No solo a K, a Jaehee también le ordené que me enviara cartas con historias divertidas todos los días, pero como conocía cómo la fastidiaban los deberes, no esperé mucho.

Cuando terminó la segunda semana de entrenamiento y llegaron las primeras cartas, me estremecí. K, que antes de mi alistamiento parecía estar dispuesto a darme todo lo que tenía, me había enviado tan solo una carta (cuyo largo no llegaba a una página) en esos quince días; en cambio, Jaehee, de quien no esperaba nada, me había enviado ni más ni menos que doce cartas. Las primeras trataban sobre su usual vida de libertinaje (cosas como que el día anterior había ido a beber al Mar de Calamar, y que había pateado la mesa...), y comentarios desagradables sobre los compañeros de la carrera (que el degenerado de Chulgu le había propuesto dormir con él. Pero ella sabía que él hablaba mal de ella a sus espaldas. Desgraciado, desagradable de cara y de corazón...). Pero a medida que iban pasando los días hablaba de nuestros recuerdos compartidos, y se acordaba de mí con nostalgia. En la última carta, hasta mencionaba una frase que no sabía de dónde la había copiado: «Nos damos cuenta del verdadero valor de las cosas cuando las perdemos. Tú eres así». Aseguraba que había escrito la carta borracha, pero aun así me emocionaba. Por eso, sobre el papel de carta en blanco que nos daban, escribí de puño y letra la respuesta que comenzaba con «Para Jaehee, la más fea del mundo».

Para cuando me asignaron a una unidad definitiva, Jaehee había vuelto a contactarse con sus padres, y me avisaba que, gracias a la ayuda de ellos, había decidido ir como estudiante de intercambio a Australia. Agregó que K le parecía sospechoso, y me recomendó que pusiera una fecha para ir a acorralarlo. (No llevó mucho tiempo para que se confirmara que tenía razón en su presentimiento). Durante los seis meses que serví en el ejército, hasta que me dieron la baja por un accidente imprevisto, Jaehee fue mi novia conocida en la unidad.

Cuando regresé a la sociedad, casi expulsado del ejército, Jaehee ya se había marchado a Australia. Eso significaba que debía resistir solo, sin ella, los seis meses que me quedaban hasta poder volver a la universidad. Yo, que no tenía ganas de hacer nada en particular ni de ver a nadie en especial, me quedaba en la cama de mi habitación, repitiendo la rutina de comer y dormir. Mi madre deploraba la flojera propia de mi carácter, y debido a sus reiterados sermones, sin poder aguantar una estación más, me fui a vivir solo a una residencia cerca de la entrada de la universidad.

Pasó el año, y Jaehee y yo nos reencontramos en el aeropuerto de Incheon. Ella me vio parado en la salida de llegadas, soltó su maleta y corrió a abrazarme. Mientras notaba el olor a cigarrillo en su cabello, finalmente pude sentir que estábamos juntos de nuevo.

Así como regresó a Corea, consiguió un estudio de alquiler cerca de la puerta principal de la universidad, se anotó en un instituto de inglés, y se presentó a un examen internacional Toeic para asegurar el certificado. Se reincorporó a la universidad, se inscribió para hacer doble carrera y estudiar Economía; se unió al grupo extracurricular de marketing para compartir estudios de casos; y así, se había convertido en una pregraduada en busca de una salida laboral. A mí me extrañó su disciplina, pero su costumbre de beber los siete días de la semana demostraba que seguía siendo la Jahee que yo conocía.

Poco tiempo después de mudarse a su nueva vivienda, comenzó con unos comentarios extraños. Decía que cada día, a las diez de la noche, un hombre se paraba frente a la casa y miraba su ventana sin parar.

—Dicen que hay pocas ofertas para alquilar, quizá sea de la inmobiliaria.

Le respondí en broma, pero tuve una sensación desagradable. Hasta dijo que una vez, mientras se secaba el pelo en ropa interior, miró fuera y cruzó un vistazo con el hombre. Agregó que, como era un edificio de cielorraso bajo y su habitación estaba en un primer piso, con un poco de ánimo, hasta podrían trepar por su ventana. Le dije que si se sentía muy insegura, yo, que, mal que bien, era un hombre, podría quedarme unos días para simular que vivía con ella. Dijo que no se sentía insegura, pero que podía quedarme para entretenerla un poco.

Como si me fuera de campamento, guardé ropa interior, algunas prendas que usaría como pijama, y me dirigí a su casa. Hicimos curri para cenar y miramos un programa de televisión acerca de personas que buscan consejo sobre relaciones, criticando su inexperiencia. Me tiré en la cama a mirar el teléfono cuando se fue a bañar. Mientras se secaba el pelo, vio una sombra oscilando al otro lado de la cortina. Yo lo miraba sin sospechar, pero Jaehee se acercó a la ventana y corrió rápidamente la cortina. Un hombre, flaco como una rama, estaba sentado en cuclillas al lado del equipo externo del aire acondicionado. Apenas pude pensar: ¡*Uy! Era cierto*, cuando Jaehee corrió velozmente a la ventana, la abrió y le pateó la cara. Inmediatamente, el hombre cayó. Entre gemidos, levantó la cara, y salió sangre de su nariz y de su boca. Jaehee había crecido en un barrio de alto nivel educativo, y desde el jardín de infantes había aprendido piano y taekwondo. En quinto grado de la primaria, había obtenido el segundo dan de taekwondo. La educación precoz rendía sus frutos. Yo tomé al hombre para que no pudiera escapar, y le indiqué a Jaehee que llamara a emergencias 911 y al 112 de la policía. Era difícil contener la risa.

Al cuarto día, guardé todas mis cosas en una maleta y me mudé a su casa.

No teníamos mucho que acordar. Debía aportar trescientos mil wones como alquiler, y compartiríamos a medias los gastos de los servicios. Gran parte de mis cosas ya estaban en su casa, y un estudio de 33 metros cuadrados era suficiente para dos personas. Además nosotros, que no habíamos tenido noviazgos duraderos hasta mediados de nuestros veinte, ya nos habíamos convertido en las dos personas más cercanas de este mundo.

Jaehee hacía buenas conservas de hojas de perilla, y yo era bueno con mi propia receta de pasta picante de almejas. Yo lavaba los platos sin dejar marcas de agua en la cocina, y ella era buena limpiando el pelo en los desagües. Una vez, vio cómo yo disfrutaba de comer arándanos congelados, y desde entonces, cada vez que iba al supermercado traía una bolsa gigante de arándanos estadounidenses y la dejaba en el congelador. Y yo, como agradecimiento, compraba el Marlboro rojo que a ella le gustaba, y lo colocaba al lado del paquete en el congelador. Jaehee decía que cada vez que abría un nuevo paquete, era agradable el frío que dejaba en sus labios.

CAPÍTULO DOS

Cuando Jaehee me dijo que se iba a casar, lo primero que le pregunté era si estaba embarazada. Ella se rio y dijo que todos le preguntaban lo mismo. Sorprendentemente, dijo que no, ni estaba cerca de estarlo. Dijo que simplemente surgió. Por su expresión cuando dijo «surgió», entendí que esta vez era real. ¿Que Jaehee se casa? No me parecía real. Hasta me parecía más posible que yo conociera a una mujer y me casase con ella. Probablemente, porque Jaehee era una mujer un tanto alejada del concepto de asentarse y de la estabilidad.

Pasada la mitad de sus veinte años, como si fuera una competición olímpica, Jaehee bebía sin parar y se encontraba con numerosos hombres, como tentáculos de pulpo. Yo también, como si no quisiera perder, o, mejor dicho, simplemente porque quería, me embriagaba y dormía con diferentes hombres. En mis mañanas despeinadas a la salida de la zona de hosterías del barrio de Jong-no, aprendí que el mundo estaba lleno de gente solitaria. Algunos de esos hombres querían avanzar más allá de beber y tener sexo. Les decía que yo no, pero insistían en tener citas, o en visitar mi apartamento. Les ponía como excusa que no podían venir porque tenía un compañero de cuarto.

—¿Compañero de cuarto?

Luego de pensar cómo presentar al otro frente a nuestras respectivas parejas, decidimos en que yo la presentaría como Jaeho, un compañero de la universidad, y Jaehee me presentaría como Jieun, una amiga del pueblo natal. Cada uno, como Jaeho y Jieun, en sus respectivos mundos, nos volvimos buenas excusas para el otro.

Por ejemplo, llega el siguiente mensaje del novio (provisorio) de Jaehee:

Jaehee, ¿por qué anoche apagaste tu teléfono? No me respondes los mensajes.

Y ella contesta:

Ni te imaginas. Jieun se sintió mal en la madrugada. La acompañé al médico de guardia. (Jieun dormía sana entre ronquidos, y Jaehee estuvo con los muchachos de la universidad, en una casa de sushi bebiendo cinco botellas de *soju*).

Querido, ¿nos vemos el finde?

Perdón. Quedé en ir al río Han a beber cerveza con Jaeho. (Jaeho estaría de juerga con hombres, y yo, seguramente teniendo sexo con otro).

Esa clase de excusas.

El quinto o el sexto hombre de Jaehee era un holgazán que había estudiado reparación de sistemas de calefacción en una escuela terciaria, que había abandonado, y ahora se ganaba la vida como DJ de discotecas desconocidas. La verdad es que mi octavo o noveno hombre también había sido un DJ de la zona de Itaewon. Había tantos DJ en el mundo que hasta me parecía que debía haber una asociación para regular sus licencias. De todas maneras, con el que yo me veía tenía un pene grande, muchos tatuajes, y ponía buena música cuando teníamos relaciones; era adecuadamente tonto. Por eso nos divertíamos, como cualquier otra pareja; pero a dos meses de estar juntos me dejó porque dijo que me amaba, pero que no podía amar mi borrachera (cantar en la calle, querer besarlo, insultar a la gente, y demás escándalo, para terminar llorando). Después de esa experiencia, empecé a sentir cierto rechazo por los DJ en general. Jaehee, que obviamente no sabía lo que me pasaba por la cabeza, me hablaba de su novio con la expresión de emoción y vitalidad propia de quien inicia una nueva relación.

—Tiene el cabello largo trenzado como un indio. Parece un muñeco. Me hace reír cuando lo hacemos.

Me mostró una foto, pero no me causó ninguna gracia, y su mirada fría me dio la impresión de que tenía mal carácter, y era de los que no terminan bien una relación. El hombre insitía en que invitara a Jieun (o sea, a mí) a la discoteca, que me quería conocer. Siempre que lo decía Jaehee no daba pie a que se concretase.

—Es muy tímida.

La verdad es que a Jieun, la tímida, le gustaba espiar; por eso, se sentaba en la mesa contigua de la cafetería donde se encontraban Jahee y su novio, husmeaba en sus conversaciones y lo chequeaba de reojo. Tanto su forma de hablar como su expresión me daban mal presentimiento.

—Jahee, ¿qué te gusta de él?

—No sé, ¿que me trata bien?

—Solo lo sigues viendo porque tiene el pene grande, ¿cierto?

Jaehee, con la expresión de Moisés cuando recibía las palabras de Jesús, me preguntó cómo había sabido eso, y yo le respondí, con el tono más frío que nadie:

—Es mi poder espiritual.

Jieun proclamó que ese hombre solo tiene los genitales grandes, y que de nada ha de servir en la vida, por lo que será beneficioso para la involucrada abandonarlo inmediatamente. Ante la declaración, Jaehee tomó mi mano y, con expresión de fanática religiosa, dijo que de ahora en adelante pediría mi aprobación respecto de todo hombre con el que se relacionase. Asentí con la cabeza, y abracé el pobre espíritu de Jaehee.

Lamentablemente, mi poder espiritual nunca se equivocaba.

Un día, regresé de clases y la encontré pálida. Sin apoyar mi bolso siquiera, pude ver el test de embarazo con dos líneas nítidas. Me quedé con la boca abierta.

—Pero ¿no puedes dejar de hacer lío?

—Estoy acabada, ¿cierto?

—No es para tanto. Agarra tu cartera. Vamos a la clínica.

—Sí, es solo cuestión de ir a la clínica, pero tengo un problema.

—¿Qué pasa?

—No tengo ni un centavo. Estoy seca.

—¿Acaso te has quedado embarazada sola? Hay que ir a pedirle al tipo.

—Ese es el problema.

—¿Y ahora qué? No me des información con cuentagotas, explícamelo todo.

—No sé a quién tengo que pedirle el dinero.

Según contaba Jaehee, el DJ imbécil fijo con el que se veía era solo bueno en el sexo, pero su temperamento era una porquería, y su ebriedad también; y para colmo, era tan estúpido que pensaba que eso era parte de la esencia del artista. Jaehee se iba convenciendo de dejarlo. En ese tiempo, un compañero de trabajo le presentó a un estudiante de arte de nuestra misma edad; pero resultó ser una persona que había abandonado hace tiempo la secundaria, y actualmente era tatuador. El día en que Jaehee lo conoció, oportunamente, yo no regresé a la casa, y a ella no le quedó otra (?) que traer al hombre a la casa y divertirse a lo grande teniendo sexo. Sin preservativos. Siempre es difícil la primera vez, pero una vez hecho, la segunda se vuelve más fácil. Jaehee tuvo más relaciones sin protección. Con ambos hombres.

—En el sexo es mejor el DJ. Y de cara, es más guapo el tatuador. Por eso dudé un poco.

En estos tiempos de tanta información, Jaehee, en lugar de pensar y decidir rápidamente como cualquiera, estaba totalmente afligida hacía nada menos que tres meses. Le dije que con otra aflicción más ya sería capaz de fundar un orfanato. Ignoró mi comentario. Me mostró su teléfono. Dijo que era la foto del tatuador. El hombre que me enseñó lo único que tenía distinto al DJ era el largo de pelo, pero eran sorprendentemente parecidos, y era tan escuálido como una madera seca. No serviría ni como juguete de perro.

—Son tan parecidos que podrías parir al bebé y exigir la paternidad a cualquiera de los dos.

Parecía demasiado afligida como para reírse de mi chiste. «Atípico en mí —murmuraba, lamentándose—. Debí beber menos... No tengo dinero ni para comer... tampoco le puedo pedir pasta a mamá...». Como no soportaba verla así, le dije:

—Deja. Usa mi dinero.

—Pero... aunque sea urgente, es demasiado.

—Nadie dijo que iba a ser gratis. Más adelante te voy a cobrar con intereses en dólares. Resolvamos primero esta urgencia, ve a quitarte eso.

—¿En serio? Eres lo más. Gracias.

Jaehee se quitó los vaqueros que tenía puestos y se cambió a una falda con cintura elástica, y comenzó a maquillarse. Era un labial nuevo y le pregunté de dónde lo había sacado. Mientras hacía ruidos con los labios para fijar el labial, respondió: me lo compré hace unos días en el Shopping Hyundai. Sin pensarlo, le dije: «¿Te parece que es momento para ponerte un labial de Dior?». Era especialista en ayudar a la gente y en arruinarlo con mis palabras. Mientras se ponía las zapatillas con la talonera aplastada, le dije:

—La que se va a operar eres tú, pero ¿por qué el que está nervioso soy yo?

—No es nada. Piensa que es como reventar un grano.

—¿Te parece lo mismo?

La perforé con la palabra, pero, a su vez, me sentí tranquilo. Si ella dice que no es nada, yo no debo ser el exagerado. El temperamento temerario de Jaehee (cercano a la indiferencia), que usualmente me molesta, era útil en ocasiones como estas.

Fuimos al consultorio obstétrico del barrio. La doctora era antipática y las instalaciones eran viejas, pero dijo que había comenzado a atenderse allí porque hicieron una campaña del treinta o cuarenta por ciento de descuento para las muchachas de la universidad en las vacunas contra el cáncer de cuello uterino. No sabíamos si en ese lugar le harían el procedimiento. «¿Tendríamos que haber buscado en internet?», pregunté. Pero a Jaehee, que detestaba lo engorroso, no pareció interesarle. Dijo que iba a consultar y que si le decían que no hacían esos procedimientos, podríamos ir a buscar otro lugar. No había nadie más experta que ella en despreocuparse sobre las cuestiones importantes en la vida.

El consultorio era viejo y anticuado, tal como me había prevenido. No había nadie aparte de nosotros, por eso la llamaron a la consulta inmediatamente luego de anunciarse. Yo me senté en un sillón viejo que tenía una parte hundida. En la pared, había pósters de todo tipo de virus, de las enfermedades que causan, y de las distintas vacunas que decían que los prevenían; y a su lado, en la pizarra negra, había anuncios sobre bótox, rellenos, precio especial de verano para depilación láser, y otras publicidades. Mientras leía los anuncios pensaba cuánto tendría que gastar para hacer de mi rostro avejentado algo un poco más agradable. La estaba esperando. La consulta fue más extensa de lo que había imaginado. La enfermera sentada en la recepción bostezó con la boca abierta. ¿La operarán hoy mismo? ¿Por qué se demora tanto?

Tomé un caramelo de ciruela de la mesa, y recordé el consultorio urológico que visité hace un par de meses. Ambos consultorios eran diferentes, pero parecidos.

Al principio, solo sentía un pequeño ardor en la uretra cuando hacía pis, pero al poco tiempo comencé a sentir dolor como si alguien me estrujara. Decidí ir al médico. Ya que estaba, fui al urólogo cerca de la estación con el estudiante de ingeniería, de la misma edad que yo, con el que me veía en ese tiempo. Como lo había hecho un par de veces con él, me pareció que dejarnos ver juntos era lo correcto. Fue una decisión un tanto inocente por mi parte.

Hice pis en un pequeño vaso para analizar, y no era ninguna enfermedad de transmisión sexual; dijo que era una infección urinaria, y que eso había causado inflamación. «Con que allí también se puede infectar», dije pensando en voz alta. El médico, incómodo, respondiendo a una pregunta inexistente, dijo que en los genitales de las mujeres se pueden filtrar bacterias de *Escherichia coli*, y que eso puede infectar la uretra. Yo también sentí como si me hubieran descubierto un secreto, y me retiré del consultorio sonrojado. Ingresé a la sala de vacunas, aún un poco avergonzado, y me bajé el pantalón por la mitad; del otro lado de la cortina silenciosa se escuchaba el susurro de dos enfermeros hombres.

—¿Los viste? Lo son, ¿cierto?

—Lo son. Los desviados.

—Mierda, que asco.

Sin querer, se me escapó una carcajada. Dijeron que el estudiante de ingeniería que se revisó conmigo no tenía ningún tipo de infección. Le conté, a modo de chiste, la conversación que había oído en la sala de vacunas, pero él enloqueció y pidió a gritos que trajeran a esos enfermeros mal hablados. Luego de ver su reacción, me di cuenta, tarde, de que era una situación en la que debí haberme enojado, y aprendí, también, que era mi costumbre reírme, más fuerte que nadie, en las situaciones dignas de enojo. La vacuna intramuscular de ese día fue bastante dolorosa, y al estudiante con el que fui lo vi unas cuantas veces más hasta que me aburrí, y corté el contacto unilateralmente.

Perdido en viejos recuerdos, escuché el grito de Jaehee al otro lado de la puerta del consultorio. La enfermera que estaba dentro salió y me dijo con expresión apenada: «Creo que deberías pasar un rato». Cuando entré, ninguna de las dos estaba en condiciones de notar mi presencia.

La doctora de mediana edad, enfurecida, sacudía la pequeña ecografía frente a las narices de Jaehee.

—Este es el resultado de su vida, señorita. ¿Entiende?

—Mierda. Qué carajo dice.

Cuando la doctora estaba por decir algo más, Jaehee se puso la mochila. Y de repente, tomó el viejo modelo anatómico de útero que estaba sobre la mesa de la doctora. ¿Qué hace? Antes de que pudiera terminar de pensar, Jaehee salió corriendo por la puerta abierta del consultorio. La doctora se levantó de su asiento y gritó: «¡Oiga! ¡Suelte eso!». Jaehee desapareció rápidamente y yo no la perseguí. Había sido especialista en carreras de velocidad hasta sus épocas de estudiante secundaria.

Me paré solo frente a la recepción del consultorio y aboné la consulta. Fueron 48.900 wones. Con un poco de sentimiento de culpa le dije a la enfermera:

—El modelo de útero se lo voy a recuperar pronto. Ella no es muy perseverante como para correr muy lejos.

En lugar de responder, la enfermera suspiró profundamente.

Salí del edificio, caminé unos pasos y encontré a Jaehee parada al lado de un poste de luz con el modelo en sus brazos. En cuanto me vio, sacudió una mano y me preguntó si tenía encendedor. Tomé el encendedor de mi bolsillo y encendí el Marlboro rojo que tenía ella en la boca. Jahee comenzó a hablar mirando el modelo de útero.

—Qué cagado a palos está esto.

—Debe ser que lo compró el día de su graduación. Dice que es promoción 88 de la Universidad de Seúl.

—¿Y eso de dónde lo sacaste?

—Hace rato, estaba aburrido y vi su título universitario y su matrícula colgados en la pared.

—Ya lo decidí. Nunca más la Universidad de Seúl en mi vida.

—Importa un pepino la Universidad de Seúl. ¿Por qué hiciste eso? Si te dijo que no te iba a operar, solo debiste retirarte. ¿Para qué te peleas?

—¿Te parece que yo voy a gritar sin que me digan nada? Está loca esa mujer. Escúchame.

Así como Jaehee le contó que estaba embarazada, la doctora la acostó inmediatamente en la camilla y le realizó una ecografía. El resultado fue que el feto (así es como llaman a las células) tenía ocho semanas.

—Me dijo: «Dígale al padre que ingrese a ver esto», y yo le dije, sin pensar, que no eras el padre, que no sabía exactamente quién era el padre.

—No te mata mentir. Debiste haberte inventado algo.

—Tú sabes que no soy buena inventando cosas.

A pesar de que se la pasaba mintiendo sobre estupideces, en los momentos importantes Jaehee era innecesariamente honesta. Ante las palabras de Jaehee, la doctora le lanzó un sermón de más de veinte minutos en el que destacó la importancia de los anticonceptivos y de la vida casta. Le mostró la historia clínica y le dijo que las infecciones urinarias recurrentes pudieron haber sido causadas por las relaciones sexuales indiscretas; y comenzó a criticar los valores morales relajados y la vida de libertinaje distraída por el sexo y el alcohol. Mientras, Jaehee apaciguó su ira mirando la cruz que colgaba de la pared, y le dijo:

—Tiene que haber gente como yo para que usted también pueda trabajar.

—Es que te veo como a mi hija, me preocupas. No deberías vivir de esa manera siendo tan joven. ¿Sabes qué es lo más dañino para el cuerpo de la mujer? La vida sexual descontrolada y sin cuidado. ¿Me entiendes?

—Dicen que lo más dañino es el embarazo y el parto.

—¿Qué dices?

—Lo vi en internet. Dicen que el feto es como un cuerpo extraño en la mujer. Que no hay nada tan dañino para la salud como el embarazo y el parto. Por eso quiero que me haga la cirugía.

—¿Quién dice eso? ¡¿Quién?!

La doctora, con la voz enfurecida, criticó por unos tres minutos la ignorancia de la masa que desconfía de la comunidad científica, y la cultura vil de las redes. A continuación, le imprimió la ecografía y se la señaló para que observara.

—Dentro tuyo ya hay una vida creciendo. ¿Cómo no te das cuenta de que tu cuerpo es un templo sagrado?

—Doctora, no me importa si es sagrado o no, solo dígame si me va a operar.

Entonces, dijo que la doctora quiso comenzar nuevamente a predicar sobre lo preciosa que es la vida y sobre la pureza (perdida hace tiempo), y Jaehee no aguantó y explotó con un grito. Aún agitada por la furia, decía:

—¿Cómo va a ser vida esta cosa que es más chiquita que un maní?

—Te entiendo. Entiendo todo, pero ese modelo no tiene nada que ver. Esa cosa es muy importante.

—Es importante, justamente por eso lo robé.

Tienes razón, tú también eres muy tú, nos reímos y fumamos el cigarrillo. A lo lejos, se podía ver a la enfermera del consultorio acercándose. Con la misma cara apática que tenía mientras estaba en la recepción, extendió su mano hacia Jaehee.

—Señorita Jaehee, entregue ese artefacto.

—Discúlpeme, enfermera. Lo tomé porque realmente no podía hacer otra cosa.

—Ya sé que la doctora es una desgraciada anticuada, pero con esta actitud solo me dificulta las cosas a mí.

Jaehee apagó el cigarrillo sobre el suelo y dijo:

—La comprendo. Voy a ceder solo por usted.

¿Y si no cedes? ¿Qué vas a hacer? La enfermera tomó el modelo que le entregó Jaehee.

—Vaya a la clínica frente a la Universidad de Mujeres Sungshin. Allí hacen la operación y tienen mucho mejor servicio. Yo también me atiendo allí.

—Gracias, enfermera.

Inesperadamente, Jaehee le dio un abrazo a la enfermera y dijo: «Cuando termine la operación podemos juntarnos a beber algo, yo invito», y le pidió su teléfono. *¿Caerá del cielo el dinero para invitarla?*, pensé. Era envidiable su capacidad para hacer amistad con cualquier persona.

Finalmente, llegamos a la otra clínica. Me sentí un poco cohibido por el cartel rosa gigante frente al edificio. Jaehee bromeó:

—¿No te sientes como en una expedición abortiva?

Reí sin energía, e ingresé a la clínica tomado del brazo de Jaehee. La Clínica «E» era grande y limpia como franquicia de cafetería, y eran robóticamente amables. A pesar de que era un horario inusual por la tarde, en la sala de espera había bastantes pacientes. Obviamente, eran todas mujeres (salvo yo), pero, con actitud y postura de confianza, leí la revista *Cosmopolitan* que estaba sobre el sofá. Trataba temas vanidosos como el «sexo saludable y hermoso», «las técnicas para hacer llegar al orgasmo a tu pareja». Cuando pensaba si alguna vez podré corregir la costumbre de morderme las uñas cuando me ponía nervioso, salió Jaehee del consultorio. Estaba contenta. Me susurró:

—Dice que se puede.

Tres días después, la operaron. Yo pagué en tres cuotas, poco menos de setecientos mil wones. Volvimos a casa en taxi. En cuanto llegamos se acostó con dolor de cabeza, algo poco usual en ella. Decidí hacerle una sopa de algas. Era la primera vez que preparaba una sopa casera y no la instantánea. Calculé mal la cantidad de algas secas y se desbordaron por la pileta al hidratarse. Tomé un puñado como si agarrara a alguien del cabello, y las sacudí en el aire. «Mira esto. Parezco un tarado». Jaehee ni siquiera se giró para verme. Si hubiera sido un día normal, se hubiera reído por un largo rato. Le pregunté a sus espaldas:

—¿Te duele mucho?

—¿Quieres probar?

—No. Ya te hago de comer.

Mi primera sopa de algas terminó siendo una tragedia. Fallé en el control del fuego al saltear la carne en el aceite de sésamo, y sabía amarga; y a pesar de haberle agregado muchos aditivos saborizantes, el caldo estaba soso. Jahee probó tan solo unas cucharadas y se echó nuevamente en la cama. Y con un gemido, dijo:

—Cigarrillo.

—No, no puedes. Hasta cuando te haces el retoque estético del párpado, son por lo menos cuatro días de abstinencia.

—¡Cigarrillo!

Ineludiblemente, le tendí un paquete nuevo que estaba en el congelador. Mordió el filtro amarillo del Marlboro rojo y fumó con ganas.

—Ya me siento mejor.

Quince días después, regresó a su mundo de alcoholismo.

Esa noche, como todas las noches, dormíamos borrachos, cuando el aullido de una persona nos despertó.

—¡Sal! Hijo de puta.

Al otro lado de la ventana, alguien muy borracho gritaba hacía largo rato. Ese estúpido. Si se cagó chupando, ¿por qué no va a su casa a dormir en paz? Me tapé hasta la cabeza con la colcha. Cuando me volví a dormir, pensé que el nombre que gritaba me resultaba familiar. Podría ser el mío. Jaehee, que también se había despertado, me dijo frotándose los ojos:

—Te buscan. Ve afuera.

Abrí la ventana y estaba el estudiante de ingeniería con el que había visitado al urólogo. Inexperto bebedor, gritaba desaforadamente para que apareciera el gay, el puto. Pensando en que me pasa de todo en la vida, bajé arrastrando los pies en las chanclas. En cuanto me vio, me pegó un bofetón sin aviso. Dijo que yo había pisoteado su sinceridad, y que debía pagar el precio. Dijo a gritos que le revelaría a mi familia que soy homosexual, y que era un trapo de piso incorregible. *¿Mi familia? ¿Qué tiene que ver?*, pensé; y recordé que varias veces le había mentido que vivía con mi familia para evitar que él viniera a la casa. Jaehee salió en pijama y quiso saber en un murmullo si aún no habíamos acabado. Mientras seguíamos peleando, ella se puso a fumar un cigarrillo. El estudiante de ingeniería me empujó a un lado y se acercó a

Jaehee y le dijo que escuchase lo que había hecho su hermano; y comenzó a exponer la mucha cantidad de hombres con los que tuve sexo, así como detalles repentinos sobre mis posiciones preferidas, los defectos de mi cuerpo, que tengo mucha carne en la cintura y poco pene. Cuando notó que estaba poco reactiva, me tomó del cuello y dijo: «Tú sigue así y morirás de una enfermedad sexual». Y dijo muchas otras cosas bastante probables en forma de rap. Le dije mientras bostezaba:

—Antes de venir aquí, debiste presentarte a la audición de *Show Me The Money*.

El hombre vociferó unas palabras más, y luego se echó a llorar tirado en el suelo.

—¿No les parece mal que amar sea un pecado?

«Correcto, amar no es pecado, pero lo que haces es un pecado, y uno muy grande. No importa si nosotros solo tuvimos una relación casual con algunos encuentros sexuales, por eso tu actitud parece un poco exagerada». Mientras lo consolaba y convencía, Jaehee reía burlonamente, hasta que levantó al muchacho sentado en el suelo. «Vayamos por una copa más, tú y yo». No me dio tiempo a detenerlos, y se fue caminando tomada de los hombros con él. Cuando intenté seguirlos, me dijo que me fuera para casa.

En menos de una hora, Jaehee ya estaba de regreso y me dijo que todo estaba resuelto.

—Eres una maga. ¿Qué has hecho para que se fuera?

—¿Que qué he hecho? Fingir que lo escuchaba y emborracharlo más. Lo he subido a un taxi y me he ido.

Jaehee me dijo que viera algo y me mostró la foto que había tomado con su teléfono de la credencial estudiantil de la Universidad de Hanyang del muchacho, y de su licencia de conducir. Su domicilio era en el Departamento Jugong en Gaepo.

—Este pendejo me mintió sobre su edad. Dijo que tenía la misma edad que yo, pero se matriculó en la universidad en el 2006.

—Si vuelve a aparecer, nosotros dos invadiremos Jugong en Gaepo.

La abracé con fuerza. Mi diablo, mi salvadora, mi Jaehee.

En esa época, aprendimos diferentes aspectos de la vida al vivir juntos. Por ejemplo, Jaehee aprendió por mí que, a veces, vivir como gay puede ser una mierda, y yo aprendí por Jaehee que vivir como mujer también puede ser una absoluta porquería. Y todas nuestras conversaciones terminaban con la misma pregunta filosófica:

—¿Por qué nacimos así?

—Qué sé yo.

Mientras transitábamos esos conflictos, en la universidad se rumoreaba que convivíamos, que se había quedado embarazada, y que había abortado. Nada de eso era mentira. Jaehee y yo llegamos a la conclusión de que la inteligencia colectiva es grandiosa. De todas maneras, ya en los últimos años de la universidad todos estaban ocupados buscando su salida laboral, por lo que los rumores no causaban ni un mínimo efecto ni al instigador, ni al involucrado.

Jaehee, también, superó su característica naturaleza desenfrenada, y empezó a dar importancia a sus notas, redujo su rutina de alcohol de ocho veces por semana a unas tres, y comenzó a llevar una vida más humana. En mi caso, iba a las clases de Literatura francesa a escuchar y dormitaba mientras profesores viejos deliraban sobre el amor; y durante las noches, vagaba en busca de alguien para tener sexo, y si no tenía éxito, esperaba en casa a Jaehee como un perro que espera a su dueño, y comía los arándanos americanos del congelador que me servía en los cuencos de arroz. Los arándanos fríos me teñían de violeta los dedos. Eso me causaba gracia.

El primer semestre del último año, Jaehee superó la desventaja (evidente en el mercado laboral) de ser una mujer en una carrera humanística, y consiguió trabajo en una gran empresa electrónica. Durante el mes que se fue a la formación y no estuvo en casa, casi me muero de aburrimiento. Sin ella, no tenía con quien beber, ni con quien charlar de tonterías. Las noches se hicieron muy largas y yo comencé a revisar la lista de hombres con los que antiguamente me había visto, algo impropio de mí. En esa época, el estudiante de ingeniería había comenzado a trabajar en una empresa de automóviles, se había comprado un K3 (este dato es importante), y estaba desesperado por encontrar alguna excusa para salir con el coche los fines de semana; ese estado era el acertado para mi aburrimiento. Íbamos de paseo a las torres de la montaña Nam, a la laguna Sanjeong, y así, tuvimos una relación, como de novios. El sexo era algo recurrente, su cuerpo parecía como si fuera el mío, y el mío el suyo. En ese nivel no había nada novedoso, pero ambos erámos gais con baja autoestima, sentíamos un impulso suicida periódicamente, habíamos sufrido *bullying* de chicos, nos creíamos artistas leyendo libros y viendo cine de arte y ensayo, y compartíamos el odio a Haruki, a Hong Sang Soo, a la carrera de Literatura francesa, a Audi, y a otras cosas obscenas como esas. Y así, terminamos considerándonos mutuamente como una relación especial.

Jaehee, que tampoco era de las que se dejaban estar, trajo una nueva conquista de la formación, un compañero tres años mayor que ella. Pensé que sería un entretenimiento que no le duraría mucho, pero al parecer era algo serio, y al tercer mes, me dijo que quería tener una cena formal conmigo.

—Si vienes solo, puede ser algo incómodo. Trae a tu novio también.

—No es mi novio.

—Bueno. Trae al K3.

—No quiero. Queda raro. ¿Cómo nos vas a presentar a tu novio?

—No discutas y tráelo. Te voy a comprar algo caro.

—¿A qué me vas a invitar?

Nos reunimos en un restaurante de comida occidental en el barrio Hannam. Jaehee le mintió a su novio diciéndole que éramos amigos del grupo recreacional de *skate* de la universidad. Él era un tanto diferente a los hombres con los que solía involucrarse. No tenía tatuajes (que fueran a dar vergüenza en menos de un año) para hacerse pasar por artista, y tampoco tenía mirada de zorro, ni parecía gran cosa. En cambio, tenía algo parecido a una estabilidad que Jaehee y yo no teníamos; era una persona cuya energía positiva se podía sentir. Cuando dijo que había estudiado Ingeniería en la Universidad de Seúl y que trabajaba en el departamento de investigación de semiconductores, llevé una mano bajo la mesa y le envié un mensaje de texto a Jaehee.

¿No era que no ibas a lidiar nunca más con una persona de la Universidad de Seúl en tu vida?

¿Si la vida fuera tan fácil, ¿te parece que estaríamos viviendo así?

Tenía razón, por eso solo lo adulé con frases como «qué genial» o «eres increíble». K3, que me acompañó, compartía con él haber estudiado Ingeniería, y al parecer habían congeniado bastante por eso. Ambos charlaban sin parar sobre la cultura empresarial de sus respectivos trabajos y sobre las áreas de investigación de cada uno, y otras cosas. Aburrido de escuchar el diálogo de los dos hombres, decidí contar la vida estudiantil alborotada de Jaehee, pero editada de manera que fuera de un nivel socialmente aceptable. Recuerdo que esa cena de nosotros cuatro fue bastante decente.

CAPÍTULO TRES

Fue el verano pasado cuando el novio de Jaehee notó que algo raro ocurría entre ella y Jieun.

—Jaehee, ¿tu compañera de casa es un gato?

—¿Cómo? ¿A qué te refieres?

—Porque es raro. ¿Por qué siempre está en casa? ¿Por qué nunca me la has presentado, y tampoco me has hecho escuchar su voz? Tampoco tienes foto con ella. Hasta los gatos maúllan cada tanto, ¿por qué no hay ni rastro de ella?

Los hombres con los que se había relacionado Jaehee hasta entonces solo habían sido de corto plazo, pero era una sospecha totalmente válida para un hombre normal. Varias veces había sugerido comer con Jieun, pero siempre se excusaba con que estaba ocupada o que era demasiado tímida. Era obvio que iba a sospechar. Si se le hubiera dado mejor mentir, la vida habría sido mucho más fácil. Luego de un año de relación, tuvieron su primera gran pelea. Jaehee, que no sabía mentir, inventó diversas excusas, pero cuando se vio arrinconada, no tuvo otra que decir la verdad: que su «compañera de casa Jieun» es en realidad un hombre de su misma edad. También, que a ese hombre le gustan los hombres.

—Por eso, él es casi como si fuera una mujer. Es prácticamente lo mismo que vivir con Jieun.

—¿Cómo puedes vivir con él? Es hombre. Estás viviendo con un hombre.

Dijo que fue la primera vez que tuvieron una pelea tan acalorada. Jaehee me contó esa historia en casa con la cabeza gacha.

—Discúlpame. No fue intencionado, pero simplemente pasó.

—¿Entonces con qué idea lo hiciste?

Las palabras me salieron agresivas. Jaehee, que no parecía haber esperado esa reacción por mi parte, seguía con la cabeza gacha y la boca entreabierta. Me preguntaba por qué tenía la voz tan temblorosa, y me di cuenta de que realmente estaba enfadado. Nos hicimos cosas peores el uno al otro por error. Un montón de veces había cargado con Jaehee ebria comportándose mal; hasta una vez hizo pis en el suelo de la habitación pensando que estaba en el baño, y yo le tiré las medias *panty* y limpié el pis con lejía. Cuando se despertaba frotándose sus ojos legañosos y me pedía disculpas, le daba una palmada en la espalda y me reía a carcajadas. Pero esta vez estaba realmente enfurecido.

Traición.

Era una sensación que yo, por la poca expectativa que tenía sobre la gente, no solía sentir.

En realidad, era gracioso. Jaehee simplemente había dicho las cosas como eran. Hasta entonces, yo dudaba acerca de revelar mi identidad. Pensaba que era poco coherente esperar que no se divulgara, mientras que no tenía tapujos en besarme con los hombres en el medio de la calle cuando había bebido. Solo que era difícil aceptar que mi secreto hubiera sido utilizado como una herramienta para cuidar la relación de Jaehee con ese hombre. Quienquiera podía hablar, pero no podía aceptar que ese «quienquiera» fuera Jaehee. Todos podían hablar de mí, pero no Jaehee, ella debía mantener la boca cerrada.

Porque era Jaehee.

No quería que las cosas que Jaehee y yo compartíamos, nuestra historia, fueran divulgadas. Porque creía que la relación entre nosotros dos era, únicamente, nuestra. Para siempre.

—No hace falta que me llames.

Inmediatamente armé mi maleta y regresé a mi casa. Sin saber siquiera por qué reaccioné de forma tan severa...

Tras aquel día, me llamó varias veces, pero no atendí. A K3 también le envié un mensaje en el que le decía que teníamos que repensar nuestra relación. Él respondió que no entendía por qué huía constantemente, y que esto era realmente el fin. Pero así, todas las madrugadas me enviaba frases sobre el amor (obviamente, copiadas) mal escritas cuando estaba borracho. Jaehee también, cada tanto, me escribía mensajes que decían que me entendía. Yo no sabía qué era lo que decía entender. Me causaba risa mi corazón, que día a día se volvía más cascarrabias, y reía entre dientes, con frecuencia, echado solo en la cama.

Mientras estuve en mi casa, escribí una novela y me hice escritor.

Escribí de forma desordenada sobre mí, Jaehee, los hombres con los que ella y yo nos relacionamos, y los romances que mantuvimos con ellos. No era algo para mostrar a otros. Pero como me costaba dormir, necesitaba hacer algo; y como había desaparecido la persona con la que charlaba durante las noches, tenía la necesidad de hablar de bobadas con alguien. Escribí sobre un gay que tenía sexo sin parar, y sobre una pareja que perdía a un perro; nada de esto me dio ninguna gran satisfacción. Simplemente pensé que mi novela se parecía bastante a las noches que pasaba junto a Jaehee. Sin expectativa, envié las dos novelas a un concurso, e, inesperadamente, fui premiado.

La llamé para contarle la novedad. Habían pasado tres meses. Jaehee me atendió como si nos hubiéramos hablado hacía tres horas; y cuando se enteró de mi premio, se puso a llorar de repente. «Eres tan tú». Con ese pensamiento, esperé unos tres minutos mientras ella lloraba, y le leí la crítica. Un escritor veterano opinó que le preocupaba que mi obra se asemejara a la prensa amarilla. Jaehee comenzó a reír a carcajadas. Utilicé parte del dinero del premio y le compré una cartera Chanel de cuero de cordero.

Fue para esa época que recibí la noticia de la muerte de K3. Se había producido un accidente de tráfico. El K3 que tanto cuidaba terminó siendo su ataúd. Cuando me enteré de su muerte, justo allí, me percaté de que yo había imaginado un futuro con él más allá de lo imaginable. El último mensaje que me había enviado decía lo siguiente:

Si la obsesión no es amor, entonces yo nunca amé.

Cuando terminó el servicio fúnebre, volví a la casa de Jaehee y continué con mi vida cotidiana. Ella, como siempre, llenó el congelador con arándanos. Yo también compré Marlboro rojo como siempre, pero dijo que ya no era necesario. Desde que subió el precio del cigarrillo, su novio y ella habían decidido dejarlo. Claro, así debe haber sido. El paquete que compré quedó congelado en la nevera.

Nuestra rutina de compartir las historias del día antes de dormir continuaron. Como siempre, yo le contaba sobre el «hombre del día», y Jaehee hablaba, generalmente, sobre la relación con su novio. En esa relación, la «compañera de casa Jieun» había quedado como un tabú del que no se podía hablar. Parecía que me habían catalogado como un «hermano no de sangre», o como un «compañero de casa que perturba mucho». Dijo que su novio le decía lo siguiente cada vez que se emborrachaba:

—Para la gente común, parecéis muy raros.

¿Y qué me importa? Ponía en duda cuánto tiempo durarían juntos, pero el hombre parecía tener bastante más resistencia de lo que se podía esperar. Según Jaehee, era el hombre más estable con quien jamás había estado, y le gustaba porque siempre la escuchaba con atención.

—Hace todo lo que le pido. Como si fuera mi mascota.

No tenía costumbres extrañas, y tampoco se hartaba de las borracheras de ella; es más, decía que era divertido porque era como conocer a una nueva mujer todos los días. (¿En serio?).

Jaehee caía dormida, siempre, antes de la medianoche. Regresaba a la casa pasadas las diez, agobiada por su trabajo, y quedaba arrinconada como un pedazo de caca; pero, cuando yo estaba por llegar a algo con alguien y pretendía pasar la noche afuera, me enviaba un mensaje con el tono de preocupación de una madre.

Esta vez elige uno que no se muera primero.

Lo intentaré.

En ese tiempo, el novio de Jaehee le propuso matrimonio, y ella aceptó. Hacía tres años que estaban juntos. Cuando escuché la noticia, le dije: «Ese hombre es bueno, pero es malo eligiendo mujeres». Jaehee me respondió: «Tienes razón». Y agregó:

—Me dijo que le gusto porque cree que le haré reír toda la vida.

Solo esperaba que no recibiera ningún golpe en la nuca mientras se reía.

Esas palabras me hicieron dar cuenta de que yo también pensaba que Jaehee era graciosa. No era linda ni buena, pero era, sin dudas, graciosa.

Este hombre no es muy grande, ¿por qué estará tan desesperado por casarse? ¿Porque es un hombre de carácter estable innato? Había escuchado que su hermana dos años mayor tampoco se había casado aún... Tal vez mi presencia, el compañero biológicamente masculino Jieun con quien convive hace tres años, hubiera provocado su decisión de querer casarse. Pero decidí no profundizar ahí. Decidí detener todo pensamiento relacionado conmigo mismo. Porque el exceso de conciencia de uno mismo es una enfermedad...

CAPÍTULO CUATRO

L uego del anuncio de la boda de Jaehee, todo pasó muy rápido. Los tres meses previos al casamiento fui testigo directa e indirectamente de la mierda que significa que un hombre y una mujer se unan como una familia en la sociedad coreana. En consecuencia, dejé de lamentar mi situación en la que casarse no era una posibilidad. Bueno, tampoco podría decir que la sensación no es como la de «La zorra y las uvas».

Jaehee, como si yo le debiera algo, esperaba mucho de mí. Desde que lo habían ascendido a «sénior», el novio tenía una carga laboral asesina, y estaba poco presente; y ella me quería utilizar para cubrir ese lugar. La acompañé al salón de vestidos de novia, al salón de trajes tradicionales, a la casa de cortinas, entre otros sitios, y elegí las cosas junto a ella. Al principio, me quedaba detrás de Jaehee, silbando; pero más adelante me emocioné más: tocaba las telas y le hacía alboroto sobre cuál debía elegir. Hasta estas cosas no me molestaba porque era algo que a mí también me gustaba en cierta medida; pero, cuando me pidió que fuera el conductor de la ceremonia, me quedé atónito. Le dije que no me quería involucrar en lo más mínimo en un casamiento heterosexual, pero estaba imparable.

—¿Te parece aceptable que no vayas a tener participación en mi boda?

—¿Por qué no? Nunca jamás. No puedo. Ni siquiera tengo un traje.

—Te lo compro. De Armani.

—Yo participo del movimiento «antibodas». Viéndote me parece que la institución del matrimonio debería desaparecer.

—Deja de decir tonterías y hazme el favor. Si a ti te encanta llamar la atención.

Eso era un grave malentendido. Había una brecha muy grande entre mi yo ebrio y mi yo cotidiano. La rechacé varias veces, pero era inquebrantable. «Está bien, lo haré, pero tú prepara el orden de la ceremonia y el guion». Ella dijo que estaba bien.

No pasó ni una semana y llegó a casa con dos pollos fritos de Kyochon. Debió de haberse equivocado. Me ofreció la pata y dijo:

—Dicen que la costumbre es que un amigo del novio haga la conducción de la ceremonia. Entre los mejores amigos de mi novio hay un periodista de televisión, y dice que él va a ser el maestro de ceremonias. Discúlpame.

Pero nadie te lo pidió. Nunca quise ser el conductor de una boda, pero que no me dejasen hacerlo por una tradición, o algo así, me puso de mal humor. Parecía que algo se había comentado de parte del novio. Jaehee dijo que tenía otro puesto para mí.

—Tienes que cantar.

—¿Estás loca?

—Considéralo el precio que estás pagando por haber ganado un premio escribiendo sobre mí.

—Entonces devuélveme la cartera Chanel.

—Si no accedes, voy a demandar a la editorial. Porque vendió mis historias privadas.

Más que una demanda, parecía más sencillo soportar la vergüenza y cantar. Finalmente, acordamos en que me compraría un set de traje Armani, y hasta una corbata de Gucci.

La nueva casa de Jaehee era un apartamento en Bangi-dong. Dijo que sus padres lo habían adquirido anteriormente como inversión.

El último día, fuimos al correo y compramos diez cajas de las más grandes. Tomamos del ropero vestidos, la chaqueta de cuero y las prendas de Jaehee, y las ordenamos una encima de la otra. Ella me preguntó:

—Oye, ¿crees que podré vivir sin serle infiel?

—No lo sé.

—A mí no me preocupa él, me preocupo yo misma. Tengo miedo de arruinar a un hombre decente.

—Mira, Jaehee… A mí también me preocupa lo mismo.

Nos reímos y terminamos de empacar la ropa. Eran menos cosas de lo que pensábamos, y utilizamos tan solo cinco cajas. Dijo que los bultos grandes y la ropa de invierno ya los había enviado a su nueva casa. Dijo que me podía quedar ahí cinco meses más hasta que se terminara el contrato. El depósito en garantía no debía ser menor, pero al parecer no tenía apuro; eso indicaba que la situación económica de la familia de Jaehee era bastante buena, y daba la sensación de que era un casamiento de balanza inclinada. Yo pensaba que Jaehee había crecido de forma poco normal en una familia normal de clase media que había comenzado a tambalearse. Quizás el hecho de que ella haya crecido desechando como un mocador los valores de la sociedad fue posible por…

Luego de empacar todo, nos acostamos lado a lado y nos colocamos mascarillas faciales; parecía que tuviéramos veinte años nuevamente. No caía en el hecho de que la loca Jaehee de ese entonces había crecido (?) y se iba a casar.

—¿Crees que vas a poder cuidar de tus suegros, y tener un bebé y cambiar pañales?

—Redactamos un contrato con mi novio. Decidimos no tener hijos. Y los suegros, voy a pensar que es como celebrar el cumpleaños de mis padres una vez más. Nosotros vamos a vivir como si aún fuéramos novios.

—Entonces sigue así, ¿para qué te casas?

—Porque él quiere; así que pruebo. Y, si no, ya está.

—Tienes razón. Si te das cuenta de que no funciona, déjalo todo y regresa.

—¿Me crees incapaz?

Le pregunté: «¿No llegaste a esto porque no fuiste capaz?». No tuve respuesta. En su lugar, se escuchó un fuerte y retumbante ronquido. La frase que Jaehee repetía como un mantra, «y, si no, ya está», resonaba en mi mente; y en las noches de mal humor, esas palabras me servían de consuelo.

La que se casaba era ella, pero quien no podía dormir era yo. Así transcurrió nuestra última noche.

CAPÍTULO CINCO

El conductor anunció mi nombre para cantar la serenata para los novios.

Todos mis excompañeros de la universidad giraron la cabeza hacia mi lado. Algunos comenzaron a reírse. Yo me levanté de la mesa redonda, en donde ya estaban dispuestos los cubiertos, y me dirigí lentamente hacia el escenario. De los nervios, tenía los hombros tensos. Jaehee y su novio me sonreían. Cientos de invitados me miraban simultáneamente. Envuelto en esa aura de presión, sostuve con fuerza el micrófono. Ondeaban las letras de la partitura apoyadas sobre el atril. ¿Por qué el ánimo se atormenta cada vez que tomo un micrófono? Desde que me volví escritor, hubo varias ocasiones en las que tuve que hablar con un micrófono en la mano; y en todas esas instancias, hablaba de más, o me echaba a llorar en momentos inoportunos y sorprendía a los presentes. Yo también me asustaba recurrentemente por la versión de mí sobre el escenario. Comenzó a sonar la introducción. Había querido comprar la melodía por mil wones, pero sentí una rabia repentina por el precio descarado, y terminé comprando la de setecientos. Resultó ser de peor calidad que la de un karaoke. Sentía que en cualquier momento se me iban a desbordar las lágrimas, por eso hice fuerza con la nariz. *No debo. Tengo que aguantar. Tengo que controlar.* Me mordí el labio. Entre los invitados, al menos tres se habían acostado con Jaehee, y dos se habían acostado conmigo. (Suelo sorprenderme de la gente que piensa que la «minoría sexual» es realmente una «minoría»). Jaehee y su novio, maquillados excesivamente, me observaban con una sonrisa artificial.

Finalmente, fallé en cantar la serenata como se esperaba. La primera parte la entoné como pude con voz temblorosa; pero cuando me acerqué al segundo estribillo, todo explotó. «Quédate siempre conmigo. Quiero entregarte a ti mis sueños». Llegado allí, no pude seguir cantando porque me iban a estallar las lágrimas. *Jaehee, ¿así me abandonas?* Los invitados que ya habían comenzado a reír desde la introducción, cuando giré la cabeza, quizá hayan pensado que estaba actuando, por lo que empezaron a reírse a carcajadas. Jaehee se acercó arrastrando su vestido y tomó el micrófono. Continuó cantando lo que quedaba del verso.

—La persona que siempre será la única en mi corazón…

Jaehee, que era buena en la mayoría de las cosas, era asquerosamente pésima cantante; y, para colmo, la melodía estaba adaptada al timbre masculino, lo que agravaba la situación. La ceremonia cayó en picado, y se desvirtuó porque estábamos en un hotel de alfombra negra. A mí, que estaba a punto de llorar, se me secaron las lágrimas, y mientras pensaba que Jaehee no dejaba de ser Jaehee, me sorbí los mocos y terminé la canción junto a ella. Me podía dejar vencer por quien fuera, pero no frente a ella: me mentalicé de que hoy era Ok Juhyeon, y le puse mi mayor empeño.

Cuando volví a mi asiento, mis compañeros estaban todos alborotados de la risa. ¿Cómo que un tema de Fin.K.L?, ¿No me digas que la quieres para ti? Todos se desternillaban. Quería decirles: «Lloro con la canción porque soy gay, ¿contentos?», pero me abstuve. En vez de hacer eso, corté la carne, ya fría, del plato y mastiqué como si fuera un chicle. Cada uno de los compañeros parecía tener mucho de qué hablar. Sobre quién sería el próximo en casarse, que alguien había tenido un bebé, que alguno había ascendido en el trabajo, que otro se había cambiado de empresa, que alguien que no había podido conseguir trabajo había heredado el hotel de sus padres… Hablaban como expertos sobre temas que generaban disturbios internos y agotadores. Que la casa de recién casada de Jaehee estaba en Songpa, que ese apartamento había subido de precio en treinta millones de wones hacía poco, hasta decían que Jaehee se había ganado la lotería al casarse con un hombre adinerado. Quise intervenir para decirles a esos idiotas que esa casa se la habían dado los padres de ella, pero me pareció innecesario, y me fui dejando la carne por la mitad. Les dije que iba al baño, y salí del hotel.

En cuanto llegué a casa, me quité el saco. Me saqué hasta la ropa interior y me acosté en la cama. Era algo impensado para cuando vivía con Jaehee. Qué fresco es vivir solo. Como todavía no había caído el sol, estar acostado así me hacía sentir como si recibiera el amanecer, borracho. Ya que estaba solo, podría llamar a algún hombre, pero me dio pereza y no lo hice. Observando las ondas de luz del sol al otro lado de la ventana, revisé, como de costumbre, los mensajes del teléfono. Entre mensajes fastidiantes que advertían sobre el uso de la tarjeta de crédito, *spam* y el mensaje de Jaehee que rogaba mi perdón, abrí el último mensaje de K3.

Si la obsesión no es amor, entonces yo nunca amé.

Apagué el teléfono. Pensé en darme una ducha, pero de repente me dieron ganas de comer algo refrescante. Abrí el congelador y encontré la bolsa casi vacía de arándanos y una cajetilla sin abrir de Marlboro rojo. En el paquete había una foto de un hombre con cáncer de pulmón, y me detuve un rato a mirarla. *¿Habrá muerto este hombre?* Tomé un cuenco para arroz del estante, y volqué la bolsa de arándanos. Solo cayó un pedazo de hielo violeta.

En ese momento me di cuenta de que mi época junto a Jaehee se había acabado para siempre.

Jaehee, la que siempre compraba los arándanos. La que recordaba los nombres y las caras de todos mis hombres; el disco rígido externo de mis romances, Jaehee. La que fumaba en cualquier lado, y elegía a los peores hombres para involucrarse.

Jaehee, la que me enseñó que las épocas consideradas «hermosas» no son otra cosa que instantes. Ella ya no está aquí.

Un bocado de róbalo, el sabor del universo

CAPÍTULO UNO

E scribí hasta tarde y me quedé dormido. Me lavé rápidamente la cara y tomé mi bolso. Mi madre seguramente estaría domando su irritabilidad y leyendo la Biblia en su habitación de internación. Hacía rato que la costumbre con mi mamá era salir a pasear por el Parque Olímpico luego del almuerzo.

Bajé la escalera y miré de reojo la casilla de correo, como de costumbre. Había un sobre. Lo tomé. Era bastante grueso. No decía el nombre del remitente. Lo abrí con dudas. Había una pila de hojas viejas amarillentas.

Era mi diario íntimo. El que yo le había entregado, como si nada, a él hacía cinco años. Con la sensación de estar desnudo frente al espejo, comencé a leer la primera oración. El diario escrito a mano alzada con una fibra negra estaba remarcado con una fibra roja que señalaba las correcciones y las oraciones mal escritas. Es decir, me estaba enviando mi diario corregido. No tras cinco días, sino luego de cinco años. Tomé la pila de hojas con fuerza. Mis recuerdos sobre él, mis sentimientos eufóricos, me atravesaron como un torbellino. ¿Aún recuerda mi domicilio? La última hoja de la pila de papeles no era mi caligrafía, sino una nota a mano alzada escrita por él. Sus letras escritas en rojo parecían manchas de sangre impregnadas.

Tanto tiempo. Soy yo. Escuché que ahora es escritor. Felicita-
ciones. Creo que su nombre real llevaba la sílaba «Jae»,
¿cierto? Se ve que utiliza un pseudónimo.

Parecía que me estaba cargando. Entiendo que fue hace tiempo, pero ¿cómo no va recordar el nombre de la persona con la que se relacionó durante más de un año?

Subió mucho de peso, y no pude reconocerlo en las fotografías.

Listo. No tengo ni que seguir leyendo. Voy a romper la hoja. Pero paso a la siguiente oración.

Me pregunta cómo está la salud de mi madre. *Le quiero pedir disculpas por lo ocurrido en ese entonces. Por todo.*

¿Por qué los hombres me siguen pidiendo disculpas? Simplemente tienen que dejar de hacer cosas por las cuales pedir disculpas. Él, como de costumbre, comenzó a hablar solo de sus cosas.

En este tiempo, pensé varias veces en contactar con él, pero pasaron cosas y no pude. Y el tiempo pasó volando, y obviamente, ya había cambiado su número de teléfono. *Dis-cúlpeme por escribirle tan repentinamente. Es porque mi agenda está muy ocupada. El lunes debo viajar al exterior. Me iré por mucho tiempo, quizá jamás regrese. Si le queda bien, este domin-go, quiero encontrarme a la misma hora y lugar que nos había-mos prometido anteriormente. Hay algo que quiero entregarle sin falta.*

Al final de la nota dejaba su número de teléfono. Si es el domingo, es en dos días. ¿Con qué cara este hombre me pide de vernos? ¿Que me quiere entregar algo? Olvídalo. Lo único que quedaba para intercambiarnos eran insultos. Se me cruzaron las ganas de tirar los papeles directo al cubo de basura, y las ganas de conservarlos con cuidado donde nadie los pudiera tocar. Finalmente, guardé el sobre en el bolso.

Mientras caminaba, sentía que el corazón me latía como loco. La verdad era que me hería el orgullo que mi cuerpo reaccionara tan efusivamente por él. Abrí las notas de mi teléfono. Escribí una oración.

Hace cinco años, yo le quise presentar ese hombre a mi madre.

Por suerte, mi madre aún roncaba. Parecía que se había quedado dormida inmediatamente luego del almuerzo. Silencioso, me senté en la cama del acompañante.

A medida que se alargaba la internación, la habitación se iba llenando con sus cosas. El contenedor con comida y frutas en la nevera, galletitas en el cajón, una bolsa de caramelos de menta, y un cuadro en la mesita de luz al lado de la cama. Era una fotografía mía con once años junto a mi madre, de treinta y nueve. Ella tenía puesto un sombrero de graduación y estaba de pie junto a la estatua de una figura desconocida; y al lado de su pierna, yo estaba con un peto tejano y una expresión contrariada. En mis fotografías de esa época, en todas, tenía el ceño fruncido. Se ve que había nacido con mi mal temperamento. Al costado del cuadro había dos libros míos publicados este año. Eran para las visitas. La realidad era que mi madre no los había leído. No eran solo mis libros. Mi madre tenía casi una obsesión por no leer nada que yo escribiera. Decía que por la vejez le ondeaban las letras y se le hacía difícil leer, pero yo sabía que era por otra cosa.

Cuando tenía veinte años, recibí un premio de escritura otorgado por el diario universitario. El ganador del concurso conseguiría una beca por un millón de wones. Un compañero que estaba en periodo de prueba en el diario me contó que había poca competencia. Como siempre me faltaba dinero para beber, escribí la historia sobre una mujer de unos cincuenta años, acomplejada académicamente, que había obtenido dos títulos en la facultad de comunicación, pero que dedicaba su vida a la educación de su hijo. Era la historia que más a mano tenía. Mi primera novela, la que entregué sin expectativas, fue premiada con comentarios tales como «se destaca el realismo en la descripción de los personajes». Mi madre escuchó esa novedad en algún lado (probablemente las iglesias hayan tenido la culpa de todos los rumores), y consiguió el diario que había publicado mi obra. Lloró durante cuatro días, día y noche. «Con que has sufrido tanto, que yo te he explotado de esa manera...». Su llanto era tan fuerte que traspasaba la puerta de la habitación. Yo le gritaba: «Mamá, es solo una novela. Es todo inventado». Pero obviamente no me escuchó, y desde entonces mi madre no lee nada que yo haya escrito, ni siquiera una nota mía que se haya caído al suelo.

—Myeonghee me dijo que tu libro es entretenido. Dijo que los había leído todos. Es la más inteligente de mi grupo. Estudió en la Universidad de Mujeres Sookmyeong. Después de leer tu texto, dijo que le parece que has salido bueno.

Las novelas que escribí durante los últimos tres años son historias sobre robar cosas borracho, sodomía en el servicio militar, compra de servicios sexuales, e historias de infidelidades. No sé a qué se refiere con que salí bueno. Según su criterio, si fuera un ángel, hasta mataría gente.

La adulación de las señoras de la iglesia no me dejaba de sorprender. Mamá se sentó con sus gemidos característicos, y dijo que no había podido dormir bien por la noche. Bostezaba contando que desde que comenzó con la quimioterapia, el dolor no la dejaba dormir. Dos compañeras de habitación habían pedido cambio de cuarto debido a sus ronquidos. Mitad por voluntad propia, mitad por la ajena, ya hacía casi tres meses que estaba sola en una habitación para dos. Cuando estaba con alguien, se quejaba de que algo no le gustaba, pero ahora que estaba sola, decía que tenía miedo de que la muerte viniera fácilmente por ella durante la noche. Me enloquecía con comentarios chamánicos impropios de una persona que practica el evangelismo hace más de cuarenta años.

—Mamá, ¿quiere que le pele una manzana?

—Siento un sabor amargo en la boca. Dame solo un caramelo.

No solía comer dulces, pero desde que la operaron del cáncer pedía caramelos de menta todo el tiempo. Algunas veces tenía que obligarla a escupir el caramelo porque directamente no comía, y se quedaba todo el día con un caramelo en la boca. Decía que era porque el sistema digestivo no estaba pudiendo cumplir con su trabajo. Para ocultar el típico olor desagradable de la habitación de gente enferma, eché un ambientador con fragancia natural.

Hace cinco meses, cuando me enteré de que el cáncer de mi mamá había vuelto, no me sorprendí. Aunque había estado inactivo durante muchos años, pensaba que en algún momento regresaría. Tanto las tragedias como las comedias, si se repiten muchas veces, no son nada agradables; y este patrón ya me tenía cansado. Salvo un velorio, había atravesado todo lo que el familiar de un enfermo de cáncer podía padecer. Quizás ahora fuera el momento de preparar el final que nunca había experimentado.

La primera vez que detectaron el cáncer en el cuerpo de mamá fue hace ya seis años.

En ese entonces yo era un pasante con veintipico de años, esperando para entrar en planta permanente. De los diez pasantes, quedamos solo tres finalistas. Se rumoreaba que solo uno de los tres obtendría el puesto fijo, y también se decía que iba a ser yo, el único varón de los tres. Me asignaron al grupo que investigaba sobre la relación entre la inclinación política y la salud de los hombres y mujeres en sus cincuenta años. Llamé a más de cien personas. Casualmente, me llamó una mujer en sus cincuenta años y políticamente de centroderecha. Como siempre, rechacé su llamada dos veces, pero era una mujer obstinada. Sin escapatoria, y sin que lo notaran demasiado en la oficina, le devolví el llamado desde el teléfono del trabajo.

—Hola. Yo la llamo de Corea…

Mi madre gritó extasiada:

—¡Dicen que tengo cáncer! Aleluya.

Por su entusiasmo, pensé que había ganado la lotería, y no un cáncer. Hacía unos quince días había soñado que en su vientre florecían azaleas. Con un mal presentimiento, fue a hacerse un control médico; y finalmente le diagnosticaron cáncer de útero. Dijo que los diferentes seguros que había adquirido, como parte de la amistad con las personas de la iglesia, le pagarían más de doscientos millones de wones solo por el diagnóstico. Con ese dinero se podría pagar casi toda la hipoteca de nuestra casa en Jamsil. Además, un seguro le pagaría los gastos de la cirugía. De la renta de los locales comerciales de Suwon y Anyang, los dos podríamos vivir sin grandes dificultades. A mi madre se la notaba realmente feliz cuando lo decía. Mi abuela materna, la hermana de mamá, y ella misma habían tenido cáncer, por lo que decía que era cien por cien seguro que a mí también me iba a pasar; y dijo que yo tenía que adquirir dos seguros más contra esa enfermedad.

Cuando le manifesté mi renuncia al gerente, me preguntó:

—¿Conseguiste un puesto mejor que el de nuestra empresa?

«Es que mi madre soltera enfermó de cáncer, y no tiene nadie que la cuide. Por eso estoy desistiendo». Eso quise decir, pero no pude. Mamá solía ocultarles a las personas cosas que no eran necesariamente secretos; decía que era «por pudor». A pesar de su carácter fuerte, le daba vergüenza en momentos poco usuales. A sus clientes desde hace más de veinte años, les dijo que se tomaría un año sabático para ir a hacer una peregrinación. Tampoco les avisó de su enfermedad a sus amigas, ni siquiera a las tías. A mí me parecía exagerado ocultarla, como si fuera un defecto grave, pero participé de su secreto sin protestar. Por eso, solo le dije al gerente que me dedicaría a escribir, sin dar detalles. Agregué que era el sueño de mi vida.

—Qué bonito que sea tu sueño. Pero solo recuerda una cosa. Las oportunidades son como los trenes. Una vez que parten, no regresan.

Los trenes vuelven todos los días a la misma hora, ¿qué estupidez dice?, pensé, y así terminó mi primera experiencia en una empresa. Quince días después, tendida en el quirófano de una clínica de Gangnam donde atendía un médico renombrado, mi madre les pidió a los médicos que la operaran sin sedación, porque quería participar del dolor de Jesús. Tuvo que ser atendida, no solo por ginecología, sino también por el cuerpo psiquiátrico (¡al fin!).

Al abrirla se encontraron con que las células cancerígenas, que por imagen no se veían muy importantes, eran bastante graves. Se sospechaba metástasis en las glándulas linfáticas y el estado de su hígado tampoco era bueno, por lo que debía ser tratada en diferentes etapas. Luego de que le extirparan el útero y de varias sesiones de radioterapia, las células cancerosas tampoco desaparecieron por completo. El camino a la remisión era largo y duro.

En ese entonces lo conocí. Fue en un curso de humanística dictado en una academia que organizaba una asociación de derechos humanos. De los numerosos cursos disponibles, yo tomé «Filosofía del sentimiento», porque mis sentimientos de ese entonces eran incontrolables. Como toda buena persona que quiere conseguir trabajo, obtuve calificaciones de nivel de inglés, y me preparé para hacer el examen de idoneidad de varias empresas y, como si fuera poco, acompañé la enfermedad de mi mamá que, por su anhelo y coerción, me obligaba a acompañar sus caminatas una vez al día. Ver a una persona enferma uniformemente, de cuerpo y alma, me hacía sentir enfermo a mí también. Para escapar del epicentro de la desgracia llamada «mi madre», y para conocer la esencia de mis sentimientos que brotaban numerosas veces al día, iba a la academia una vez a la semana. El material central de las clases consistía en la *Ética*, de Espinoza, y en sus complementarios: *La cámara lúcida* y *Fragmentos de un discurso amoroso*, de Roland Barthes, para analizar en forma nanométrica los sentimientos que podía albergar el ser humano. En la primera clase, el profesor, que se había autodenominado un «filósofo fuera del sistema», obligó a que cada alumno se presentase, como todo docente sin experiencia. Quizás porque la organizaba la asociación de derechos humanos, de los quince alumnos, casi la mitad eran activistas de asociaciones civiles. Ellos (aunque nadie les preguntó) contaron de qué asociación formaban parte, sus creencias, y cosas como sus inclinaciones sexuales. Cuando me tocó a mí, me sentí presionado para revelar que soy homosexual con inclinación política de centroizquierda, pero solo dije mi nombre y que era estudiante universitario. Viento Cho, James, Sally, Oh Dios Mío, Leyenda de Otoño... Siguieron nombres y apodos de procedencia y nacionalidad desconocidos. Cuando cada uno estaba terminando de presentarse, entró un hombre. Era tan alto que la cabeza casi le rozaba el techo, por eso estaba encorvado. Se sentó a mi lado, apoyó su mochila, y se quitó su *hoodie* negro que, al igual que su mochila Eastpack con la bandera de Corea pegada con *overlock*, estaba desgastado como si tuviera una década encima. Parecía que había venido corriendo, y sentí sobre el rostro el calor que emanaba su cuerpo. Le vi un tatuaje largo que se extendía por el cuello y las muñecas hasta llegar a sus dedos. Algo como la cola de un reptil. Me dio curiosidad saber qué dibujo habría al final de ese tatuaje, y dónde terminaba. Mientras ojeaba los rincones de su cuerpo, sin darme cuenta tragué saliva muy fuerte. De repente, el hombre se me acercó mucho. Sentí cómo se me erizaban los pelos, desde las orejas hasta la punta de los pies. Él me susurró al oído:

—Discúlpeme, pero ¿podré tomar un sorbo de su café?

Sin esperar respuesta, tomó el vaso descartable frente a mí, abrió la tapa, y se puso a beber. Percibí sus movimientos, cuadro por cuadro, en cámara lenta. Él, sin prestar atención a mi mirada (que habrá sido muy penetrante), masticó con ruido hasta el hielo que había quedado en el fondo. Cuando le tocó, se presentó, lacónico, como una «persona que se dedica a la creación». No dijo si era compositor, pintor o escritor. Pero fue tan frío que me heló la sangre y enseguida tuve el mal presentimiento de que era un narcisista (los presentimientos nunca fallan).

Cuando terminó la clase, se me acercó y me dijo que me invitaba a un café. Era porque quería compensar el que se había bebido. Que tomara la bebida de un desconocido sin permiso, su forma de hablar, su mirada, todo me daba mala espina. Por eso lo rechacé con fervor. Pero el hombre repetía que quería recompensar mi ayuda. Tanto insistió que fui con él a un Starbucks cerca de la academia por compromiso, o, mejor dicho, porque era bien de mi tipo. Su voz grave y clara, su frente huesuda a la altura de las cejas, sus pequeños labios indescifrables, y su piel con manchas uniformes como si nunca hubiera usado protector solar. Daba la impresión de que tenía un carácter extraño, pero las ganas de disfrutar de su aspecto superaron la mala espina (no debí haberlo dejado pasar).

Cuando nos paramos en la caja para ordenar, noté que casi me sacaba una cabeza. Mirar a alguien desde abajo no era algo común para mí, que soy más alto que el promedio. Recibimos nuestras tazas de americano frío al mismo tiempo y nos sentamos a una mesa. Él había sugerido el café, pero miraba a la nada en silencio. *¿De qué va este hombre? ¿Para qué me invita si se va a quedar callado?*

Por fin, rompí el hielo:

—Se ve que tenía mucha sed.

—Me salvó.

Y, de nuevo, silencio. En esa época yo, que soñaba con quedar en planta permanente, hablaba de mí exagerando, como toda persona en periodo de prueba (aunque nadie me había dicho cómo actuar). Y antes de que nadie me preguntara, me adelantaba para presentarme y contar que era estudiante universitario, que cursaba Literatura francesa, que la última telenovela que vi y me gustó era tal, que mi *hobby* era leer libros y que participaba de estas clases porque… Y seguía contando cosas innecesarias. Él me miraba con atención intimidante y para cuando yo ya me empezaba a sentir incómodo, afirmó:

—Qué linda forma de hablar.

¿Qué está insinuando? ¿Que soy muy dado? ¿Que se nota que soy gay? ¿O será otra cosa? ¿Será solo un comentario? ¿Seré muy perseguido? Me confundió y decidí callarme. Y, otra vez, silencio. Luego hubo un rato incómodo hasta que terminamos el café y él, de la nada, dijo:

—Mi madre es alcohólica.

—Ah… ¿Cómo?

—Por eso la tuve que internar en rehabilitación, pero se escapó varias veces. Esta vez la internaron en una unidad cerrada.

—Ah… Qué cosa.

—Aunque cambien de tratamiento, la verdad es que no mejora. Sigue escondiendo sus botellas y bebe. Las guarda debajo de la cama, en la mochila. La verdad es que me vuelve loco.

¿Por qué este hombre le contará esto a un desconocido? ¿Cómo tengo que reaccionar?

—Además, últimamente tiene principio de alzhéimer alcohólico, y eso complica mantener una conversación con ella. Por eso, vivo buscando a mi mamá. Una vez cada tres o cuatro días se escapa.

¿Qué le pasa de repente? ¿Está loco? Sentí que tenía que contar alguna historia notoria de mi familia. Una casa de clase media y, como típico padre de clase media, el mío fue sistemáticamente infiel hasta que se divorciaron. Mi mamá es paciente de cáncer, la primera causa de muerte entre la mediana y la tercera edad en Corea. ¿Eso debo decir? ¿O invento alguna historia más grandiosa? Luego de pensar, le dije lo siguiente:

—Mi madre también está enferma. Cáncer de útero. La operaron y ahora está internada en la clínica. La estoy cuidando yo.

—Ah, así que le pasó eso. Veo que tenemos mucho en común.

Sin pensarlo, le había contado sobre la enfermedad de mi madre. Y entonces me di cuenta de que era la primera vez que hablaba del tema con alguien. El hombre me dijo:

—Es su primera vez en la clase, ¿no?

—Sí. ¿Cómo supo?

—Asistí a casi todas las clases de ciencias humanísticas y filosofía. Y era una cara desconocida. Era poco probable que yo no recordara una cara tan tierna.

Aún recuerdo su expresión cuando dijo eso. Quería parecer tranquilo, pero su mirada titilaba con inseguridad. Por el temblor de los labios se veía que estaba nervioso. Yo también estaba sorprendido. Nunca en mi vida escolar me habían dicho que era tierno, ni de chiste. Mi ternura era no ser tierno en absoluto. ¿Pero qué le pasa a este señor? No parece de los míos. ¿Es un coqueteo frontal? ¿O me está seduciendo con poca experiencia? No, no puede ser. Tengo un espejo en casa; sabía perfectamente que era objeto de conquista para que alguien me invitara un café con esas intenciones. No supe qué responder, fue muy inesperado. Solo sentía que estaba temblando, que estaba tan nervioso que no podía mirarlo a la cara, y que estaba haciendo lo imposible para ocultarlo. Y él, como si se burlara de mí, dijo, distendido:

—Si no tiene otro compromiso luego de las clases, podríamos comer juntos.

Y así, nos hicimos compañeros de comida que recorrían los alrededores de la academia después de las clases. Él, que conocía muy bien esa zona comercial, me recomendaba restaurantes notorios de comida casera, y comida al paso, típicos lugares que les gustan a los viejos, y yo estaba demasiado cohibido, como si me hubiera invitado a un lugar íntimo que frecuentara (aunque luego me di cuenta de que solo le gustaba hacerse el sabiondo delante de los demás). Cuando estaba con él, era más callado de lo habitual y comía poco. Nervioso, solo lo observaba. Me guardaba los detalles de su cabello corto despeinado, el vapor que escapaba entre sus dientes cuando sonreía, cómo solo se le movía una ceja cuando le daba timidez, y la forma en que pronunciaba mal las eses. Luego de comer, él siempre caminaba rápido mirando hacia adelante y yo, con las piernas diez centímetros más cortas, me esforzaba para poder seguirle el paso. Cuando llegábamos a la estación del metro, yo estaba agitado y me daba cuenta de que él nunca había mirado hacia mí. Y me invadía una frustración inexplicable.

Cuando me detenía a observarlo, la cabeza me iba a mil por hora. Él me resultaba curioso y sobre todo, me despertaba interés saber qué pensaba de mí. Pero más que nada, quería saber cómo era que este hombre había revuelto mis sentimientos. Dentro de mí, cabeza y corazón corrían a mil por segundo. Y yo no sabía cómo procesar esa energía que jamás había sentido. Por eso, usé la libreta que había comprado para la clase como si fuera un diario íntimo y me puse a registrar su rutina. Y también empecé a escribir y explorar cómo cambiaban mis sentimientos a través de él.

A medida que aumentaban los registros, lo desconocía cada vez más.

Era extremadamente reservado con su trabajo, pero sabía que no cumplía horario y casi no tenía contacto con las personas. Cada tanto me enviaba mensajes sin ningún tema en particular («hoy es un lindo día para salir a caminar»), y, como persona mayor, me enviaba artículos con información sobre alimentos buenos para el cáncer y que mejoraban la inmunidad. Una vez que se iniciaba el diálogo, me enviaba cosas ordinarias de su rutina («hoy leí a Kant y le di de comer a un gato callejero»), sobre su madre alcohólica («mi madre se escapó del centro de rehabilitación, bebió, y se peleó con un taxista»), y hasta me mandaba fotos de su comida («comí un guiso de caballa»). Yo solo podía contestar con respuestas inútiles como: «ah, claro», «qué difícil debe ser», «buen provecho». Cuando parecía que esa conversación sin sentido se estaba por acabar, me enviaba emoticonos con sonrisas o *stickers* de gatos gordos, y trataba de mantener esa conversación incómoda. Cuando el vaivén de mensajes sin sentido seguía un rato, de repente las cosas se desinflaban y sentía que eran en vano. Porque me hacía pensar que él no tenía interés en mí (de la forma que sea), sino que era un hombre solo que necesitaba hablar de cualquier cosa, aunque fuera con la pared. Yo conocía muy bien la temperatura y el aroma de ese tipo de corazón solitario.

Porque, en ese entonces, yo era así.

CAPÍTULO DOS

Sábado a la tarde. Mi madre, que había terminado la clase de yoga de rehabilitación en la clínica, me insistió para salir a caminar. Fuimos por un camino igual al de siempre, pero la temperatura de mi corazón era muy diferente a la habitual. La pila de papeles que me envió había cambiado mi rutina por completo. Como si me hubiera vuelto a subir a un tren que había regresado luego de cinco años, mi humor variaba a cada segundo. No podía concentrarme. Mandé un e-mail a la editorial para prorrogar la fecha de entrega por una semana.

Fui al parque con mi madre. Cruzando la calle de la clínica estaba el Parque Olímpico. Mi madre me tomó del brazo para apoyarse en mí y juntos cruzamos despacio por la senda peatonal. De lejos, éramos la imagen de una madre y un hijo con una bonita relación. Como siempre, caminamos diez minutos y nos sentamos en un banco frente al lago.

Dijeron que el cáncer recurrente tiene menor tasa de supervivencia. Como era la segunda vez, fue relativamente más fácil rendirnos. Cuando dijeron que iban a remover parte del hígado y el tracto biliar por la metástasis, cuando tuvo que realizar cinco sesiones más de quimioterapia, cuando escuchamos que la posibilidad de vivir más de un año era menor al veinte por ciento, no nos sorprendimos demasiado. Tuve que renunciar al trabajo otra vez. El gerente dijo que regresara si la situación mejoraba, pero con treinta y un años ya no era tan inocente para creer ciegamente en sus palabras.

La nueva clínica estaba a quince minutos a pie de casa. Estuvo internada cerca de medio año en una clínica en las afueras de Gyeonggi-do, pero cuando una paciente con cáncer de pulmón de la misma edad que ella y con quien había tenido una relación cercana falleció, tuvimos que trasladarnos a toda prisa. Este lugar, más que una clínica, era un centro de cuidados paliativos; y las habitaciones así como los anexos estaban limpios como los de un hotel. Los cuidadores y médicos especialistas hacían tratamientos que combinaban medicina tradicional y alternativa, por lo que mis tareas se habían reducido mucho desde que mamá llegó a este lugar. El costo era mucho mayor a mi sueldo, por lo que no había decidido pensando en nuestra situación económica, sino en que lo mejor que podía hacer era darle las mayores comodidades que pudiera para que compartiéramos el tiempo que nos quedaba. Mi madre había desistido de la quimio, pero participaba activamente de las terapias alternativas de medicina coreana para reducir el dolor, del yoga curativo, y de meditaciones basadas en el pensamiento positivo para controlar el corazón. Mientras tanto, las células cancerosas, disciplinadas como ella, se esparcieron por todo el cuerpo. La expansión y el tipo de dolor fueron cambiando de distintas maneras.

Mamá dijo que quería ir al baño. La sostuve y la acompañé hasta el baño público para discapacitados. La senté en el inodoro y le di la espalda. Hacía poco las células cancerosas habían llegado cerca de la vejiga, y le daba dolor cada vez que iba al baño. Me buscaba cuando quería levantarse, o cuando tosía, o en toda situación que aumentara la presión abdominal: al parecer eso le dificultaba moverse. Me paré mirando la puerta y la escuché hacer pis con poca fuerza. Era una de esas situaciones a las que no lograba acostumbrarme. Como si la vergüenza no existiera cuando uno está tan cerca de la muerte, tomó con decisión el papel higiénico que le di, se limpió, se subió la ropa interior y comenzó a pedir que le subiera el pantalón y la pusiera de pie. Cuando terminé, con los ojos cerrados, no lo podía evitar, dijo, insatisfecha: «Debí haber tenido una hija». Un arrepentimiento que llegó treinta años tarde. Mientras me indignaba, me dejó atrás, y caminó con una postura más audaz que la de nadie. Una determinación que no pegaba con alguien que recién no había podido ni ir al baño sola. Cuando salió, aplaudió tan fuerte que se escuchó por todo el sendero, y comenzó a armar revuelo porque el aire era muy puro.

—¿Cómo que el aire es puro? Dicen que el índice de micropolvo supera los cien. El nivel está en «muy malo».

Se ve que las células del cáncer no habían llegado para nada a sus pulmones. Al notar mi expresión reacia, comenzó a quejarse otra vez:

—Yo te cambié y te lavé los pañales con caca, y tú me montas un escándalo por nada. ¿Qué tengo que esperar de ti? Fuiste igual cuando tu abuela enfermó de cáncer. Un bebé que no sabía ni caminar, gateabas hasta la abuela y le pegabas cachetadas. Cuando te alejaba de ella, gateabas de vuelta para pegarle, y si te cerraba la puerta, la empujabas para entrar y volver a golpearla. Eras así. Debí haberme dado cuenta.

—Pff, ¿hasta cuándo piensa repetir esa historia?

—Pienso contarla hasta que me muera, ¿por?

La carta de la muerte servía para unas pocas ocasiones, pero escuchar la misma historia cientos de veces me hacía pensar que yo moriría primero. Agregó con voz enérgica, poco común en alguien con fecha de muerte anunciada: «Trata bien a tu madre, que le queda poco. ¡Todo lo digo por tu bien!». El sermón que había empezado parecía no querer acabar y nuevamente trajo el tema del casamiento. Insinuó como si quisiera preguntar por Jaehee, que se había casado hacía poco, y siguió con el hijo de Fulano que ya había tenido dos niños, que había sido un rufián de soltero, pero luego de casarse había logrado comprar un departamento en Pankyo; y así continuó con el repertorio de siempre. Estaba harto de sus comentarios sobre casarse, pero tampoco era algo incomprensible. Ella me había criado toda la vida con trabajos de esos.

Cuando tenía once años, mi madre decidió, valiente, divorciarse de mi padre, que siempre le era infiel y para colmo se había arruinado. De la noche a la mañana, mi madre se había vuelto la jefa de la familia y consiguió trabajo como conectora de parejas en una agencia de casamiento para solteros noreuropea que recién se había instalado en Corea y tenía escasos recursos humanos. En ese mercado a fines de los años noventa, donde abundaban los emprendimientos individuales (es decir, *madamtu*), el sistema vanguardista de la empresa europea tuvo una buena repercusión. En el bolso, mi madre llevaba muchas fichas cuya carátula incluía una calificación en base a la información cuantificada sobre los estudios y la profesión del socio, su patrimonio, su altura y peso, y el nivel (?) de su aspecto físico. En el dorso había información sobre test psicológicos, como eneagramas y el test de MBTI. Era un sistema bastante organizado con el que buscaban a tu pareja ideal según tu estatus social y tus cualidades. Cuando los hombres y las mujeres de la zona de

Gangnam y Songpa, que quedaron atrás luego de la crisis financiera, comenzaron a interesarse en la institución del matrimonio, llegó el auge al mercado. Mi madre, con su carácter amigable, su buen trato y su inteligencia y rapidez para entender las situaciones, se hizo famosa entre los agentes. Y no pasaron tres años, que pudo fundar su propia empresa. Luego, decidida a ser la mejor en el sector, entró a la Universidad de Comunicación para estudiar Psicología. Usó, sin autorización, la ficha de la empresa en que trabajaba, les agregó nuevos ítems a los test psicológicos, y le cambió un poco el diseño y la disposición para crear (?) una nueva ficha; fundó Corea Heartfield S.A., una empresa no registrada que tomó el nombre de un psicólogo alemán, y se mandó a imprimir tarjetas personales en las que grabó su cargo como especialista en terapia psicológica, un título no reconocido. Cuando era chico, jugaba a espaldas de mi madre marcando líneas en las fichas y, cuando me descubría, me daba cachetazos en la espalda. Mientras los solteros de Gangnam comían bistecs y pasta, bebían café y té rojo en el restaurante de los hoteles, yo acumulé hueso y carne sin parar y crecí. En ese entonces, mi madre y yo estábamos convencidos de que si nos esforzábamos, podríamos llegar a la cima de las categorías y tendríamos una vida hermosa al estilo noreuropeo.

El que primero rechazó ese sueño fui yo. Cuando llegó la pubertad, me di cuenta de que no era una persona adecuada para formar una familia evangélica. Y pasó algo. En el primer año de la preparatoria, mi mamá me sorprendió besándome con un estudiante de Ciencias exactas dos años mayor. El lugar era, como cabía esperar, la plaza. En la hamaca que reflejaba el alumbrado, dos adolescentes de cabello corto se estaban besando, y una mujer de mediana edad los observaba. Era mi madre, creyente hacía veinticinco años. Me pescó *in fraganti*, por lo que no tenía forma de excusarme. Pero, a diferencia de los personajes de las telenovelas, no dejó caer su bolso a causa del susto, tampoco gritó, ni se puso a llorar. En su lugar, como si nada hubiera pasado, dio la vuelta hacia el departamento, y entró al edificio.

Al día siguiente, en vez de hacerme reproches o de retarme, me subió a su Matiz colorado. Y me internó en un centro psiquiátrico en la ciudad de Yangju, en Gyeonggi-do. Cuando me negué y quise irme, me tomó la muñeca con fuerza, y con una expresión más cálida imposible, dijo:

—Mamá cree que tienes mucha ira en tu interior. No te preocupes. No voy a dejarte en ese estado.

Así que me encerró en una clínica aislada. Cada mañana me realizaban todo tipo de estudios, incluyendo análisis de sangre; y con cada comida me daban más de ocho pastillas. A la tarde generalmente recibía tratamiento psicológico intensivo. Las viejas instalaciones de refrigeración no eran eficientes, por lo que tenía las piernas y las axilas sudadas; pero como no tenía ni desodorante ni gel de ducha, tuve que soportar el olor de mi cuerpo tal cual durante varios días. El señor Kim Hyundong, de 48 años, mi compañero de habitación, tenía diagnóstico por falta de control de la ira, y un leve síntoma de esquizofrenia. Cuando estaba despierto hablaba solo, y cuando dormía, roncaba mucho. Además se tiraba muchos gases, a tal punto que podría ser un efecto secundario de la medicación, y eso me ponía los nervios de punta. Mis parámetros de higiene eran un poco más sensibles que los del común de la gente. Los mosquitos atravesaban el mosquitero viejo y no me dejaban dormir por la noche; y aunque lograra conciliar el sueño con dificultad, soñar me cansaba.

En mi sueño siempre aparecía una mujer. Una mujer que tenía el pelo atado en la coronilla, que tenía un Matiz colorado. Conducía con los ojos cerrados. El coche iba cada vez más rápido. *Aún te queda mucho por recorrer. Pareces muy atareada.* Al despertar, estaba cansado como si hubiera conducido toda la noche.

Luego de quince días en los que me realizaron diferentes estudios y continuas sesiones de terapia, la conclusión del médico fue la siguiente: que yo tenía un trauma al nivel de una víctima de guerra. El diagnóstico del terapeuta fue similar. En mis dieciséis años (o sea, toda mi vida) había sido el sustituto de la vida de mi madre y había vivido suprimiendo mis propios deseos. Los especialistas que escucharon algunas de las historias entre mi madre y yo concluyeron que la que necesitaba tratamiento urgente era ella. Pude abandonar ese lugar a duras penas, acompañado por mi tutora. El día que volví a Seúl, mi madre me entregó una nota dentro del Matiz.

Levítico, capítulo veinte. El pecado que debe morir sin duda, versículo trece. «Si alguno se ayuntare con varón como con mujer, abominación hicieron; ambos han de ser muertos; sobre ellos será su sangre».

—¿Tu corazón está mejor?

—El médico me dijo que quien está enferma es usted, no yo.

Cuando volví a casa, mi relación con el estudiante de Ciencias exactas ya había terminado prolijamente. Habían tirado mi teléfono móvil, y en mi nuevo teléfono solo estaba guardado el número de mi madre. Ella, que decía que ya todo estaba resuelto, tenía la actitud de un trabajador que resolvía cuestiones administrativas.

Luego de dos sesiones de terapia en una clínica cerca de casa, mamá negó todo tratamiento, fuera psicológico o medicinal. También rechazó la propuesta de la clínica de reemplazar a la tratante a cargo. Dijo que no era necesario. Dijo que ella ya había recibido el perdón por sus pecados, y que había recibido la salvación, y que por eso no había más cuestiones que resolver. Luego de que el médico me transmitiera ese mensaje, yo le pregunté a mi mamá:

—¿Está segura de que no se arrepentirá?

Me miró de reojo sin ningún juicio de valor, como si mirara a un abismo. Y luego agregó:

—No le cuentes nada a nadie. Es algo pudoroso.

¿Qué es lo pudoroso? ¿El hecho de que me haya besado con un muchacho dos años mayor que yo? ¿Y que por eso me pasé las vacaciones de verano encerrado en una clínica psiquiátrica? ¿Haber sobrevivido durante dieciséis años siendo el hijo de una demente? No podía entender cuál de todos esos hechos era lo que debía mantener en secreto; así que decidí dejar todo en el ámbito de lo confidencial.

De esa manera, aprendí con el silencio las diferentes formas del desistimiento y la resignación; y una vez que se terminaron las vacaciones, regresé a la rutina como si nada y viví la vida como un estudiante que preparaba el ingreso a la universidad. Para los otros quizá pareciera una vida normal, pero por dentro estaba concentrando un veneno negro. Cuando esa mujer, la que vive conmigo, envejezca y enferme, la abandonaré en un bosque poco transitado de Gyeonggi-do. La dejaría viva para que se la comieran los animales salvajes. Así aguanté con esa promesa, día tras día.

No debí haber deshecho esa promesa.

Será que había amanecido con el pie izquierdo, los sermones sobre casarse se hacían eternos. La costumbre de mi mamá, que cuando encontraba la excusa ideal no la soltaba y se aferraba a ella, era algo que podía enloquecer a cualquiera.

—¿Cómo puede ser que con más de treinta años nunca hayas traído a una muchacha a casa?

—Porque no tengo a nadie.

—La vez pasada dijiste que te estabas viendo con alguien.

—Eso fue hace cinco años. Ya no tengo.

Ese «alguien» que decía mamá era justamente «él». Una persona que en su momento había estado junto a mí, pero que ahora ya no existe. ¿Cómo supo que él se puso en contacto conmigo para volver a mencionar esa historia?

Mamá, no debiste ser una celestina, sino una chamana. Si así hubiera sido, no te habrías comprado unos pocos locales; te habrías podido comprar un edificio entero.

El tema de la cuarta clase de «Filosofía del sentimiento» era «El corazón que se apasiona sobre algo sin fin».

Ese día me llevó a una casa de pescado crudo cerca de la academia. Dijo que me invitaría a comer pescado, y que podríamos beber algún trago. Para mí, que nunca rechazaba una propuesta de pescado con bebida, era una oferta tentadora. Con la determinación de que no le haría notar mi corazón palpitante hasta no conocer sus intenciones, me senté frente a él. Como si fuera un cliente habitual, antes de que pidiéramos nos sirvieron el menú mediano, que incluía lenguado y róbalo negro con una sopa picante de pescado. Yo agregué dos botellas de *soju*. A sus espaldas, había varias peceras. Tal vez los peces se habían vendido todos, porque solo se podía ver las burbujas del aireador dentro de la pecera; una imagen bastante sombría. Él miraba a la nada mientras se limpiaba las manos con un pañuelo húmedo. En el nudo de sus dedos también había un tatuaje como de la cola de una serpiente; y mientras le ojeaba las muñecas con poco vello, sus brazos con bíceps y tríceps con el desarrollo adecuado, los lóbulos pequeños de sus orejas, y su mentón anguloso, terminé cruzando miradas con él. Lo esquivé rápido, y pregunté algo que tampoco me interesaba:

—Pero ¿por qué atiende a tantas clases de filosofía?

—Porque me interesan mucho los principios con los que funciona el mundo.

—Veo que es un interés macroscópico, propio de los creadores.

Y silencio. Por el nerviosismo, había dicho cualquier cosa y me arrepentí por si había sonado muy descortés. Pero él no parecía prestarle atención a mi tono de voz y luego de un rato me habló con cara de preocupación, con cautela, como si me estuviera revelando un gran secreto.

—La verdad es que hago libros de filosofía.

—¿Cómo?

—Soy editor en una editorial que publica libros de filosofía. En realidad ahora lo hago de forma *freelance*.

—Ah… Ya veo.

El hombre tenía un trabajo mucho más normal de lo que creía, cosa que me sorprendió por de más. Ahora que lo pienso, en la mochila con el parche bordado siempre llevaba pilas de hojas y una cartuchera con marcadores de punta fina color rojo y negro, y un lápiz bien afilado. Era la mochila de un editor desde cualquier perspectiva. Siempre es así: lo obvio suele pasar desapercibido.

—Siempre me interesaron los principios del universo. Me generan curiosidad. Por qué el mundo tiene esta forma, por qué yo soy así, que el universo tenga tantas estrellas, que yo sea algo insignificante. Esos pensamientos.

—Claro. El ser humano es insignificante. Más que insignificante.

Y lo más insignificante, sobre todo, me pareció su filosofía de cuarta. Pero, luego de un largo suspiro, con tono serio agregó:

—Pensar así nos hace sentir infinitamente solos.

Por su mirada, parecía que él se sentía infinitamente solo. Y sumergido en un vacío, por lo que yo no supe qué responder. Era como si la capacidad de sociabilizar que había adquirido durante veinticinco años no funcionara, así que solo pude seguir usando mis palillos para comer los bocados de lenguado y róbalo negro con fervor. El hombre apoyó los suyos sobre sus labios, sonriendo mientras me miraba fijo. Cuando empecé a pensar si tendría algo entre los dientes, de qué carajo se estaba riendo, él siguió hablando:

—¿Qué piensa que está comiendo?

—Lenguado, ¿o es róbalo? No distingo muy bien los pescados. Solo sé que lo caro es rico.

—Sí y no. Es un róbalo, pero lo que le da sabor no es el róbalo negro. Lo que percibe en la punta de su lengua es, a su vez, el sabor del universo.

—¿Cómo? ¿Qué es eso (tan ridículo) que dice?

—El róbalo que comemos, y hasta nosotros mismos, somos todos parte del universo. Por eso, es un proceso en el que se saborea un pedazo de universo.

—Ah...

—Todos nosotros somos el universo, ¿no le parece increíble que vivamos y nos relacionemos como una parte de él?

Ahora que lo notaba, este hombre tenía un poco ojos de loco. ¿Será miembro de una religión desconocida? Me acordé de que decían que por las clases de organismos y academias privados desfila todo tipo de basura que vaya uno a saber de dónde viene. Tomé fuertemente mi mochila para escapar en cualquier momento, pero no daba la impresión de querer arrastrarme a algún lugar raro. Cuando la conversación llegó a la existencia del universo, ya no tenía nada más que decir. Sin darme cuenta, miré fijamente el tatuaje en su dedo, y él quiso apresurarse a taparlo bajando la manga. Obviamente, no pudo cubrirse.

—Bonito tatuaje. Me llamó la atención desde la primera vez que lo vi. ¿Qué dibujo es...?

—En realidad fue por un accidente de moto en mi preparatoria, me hice el tatuaje para tapar la cicatriz.

—Ah...

—Tampoco es que fuera un rebelde.

—Tampoco lo fue.

Y otra vez, silencio. Yo no podía soportar la incomodidad, más pesada que el universo. Terminé bebiendo solo todo el *soju* que había pedido. Habrá pensado que no podía parar con la bebida, porque me seguía llenando la copa, y él también bebía a ratos. Y así, terminamos compartiendo la copa, con el maridaje del pescado de por medio, y enseguida se nos enrojeció el rostro. El hombre murmuró en silencio:

—La pieza más transparente es el lenguado.

—¿Cómo?

—Hay que pensar que la carne más transparente es la del lenguado, así es más fácil distinguirlos. El que tiene la carne más gomosa es el róbalo.

—Entonces, desde hoy llámeme «róbalo», así, gomoso.

Cuando estoy borracho, no merezco que me digan «ser humano». ¿Qué acabo de decir? Estoy loco. Mientras pensaba eso, respondió de nuevo, serio:

—No, le voy a llamar «lenguado». Porque puedo ver su interior.

Ebrio, el hombre hablaba más lento que de costumbre, era un poco tierno. Escuchaba su voz suave y torpe, y comía un pedazo de lo que no sabía si era lenguado o róbalo, y así sucesivamente. Pronto me emborraché y recordé a mi madre, sin razón. Desde que le diagnosticaron cáncer le prohibieron comer cosas crudas, por lo que hacía casi seis meses que no probaba el *hwe* que tanto le gustaba. *Voy a venir con ella cuando termine la operación y esté curada.* Se me cruzaron esos pensamientos de buen hijo. Y revolviendo la carne de caballa en la sopa que ya estaba deshecha, hablé solo:

—Mamá me quitaba todas las espinas del pescado…

Él comenzó a quitarle las espinas al pescado, y colocó un buen pedazo de caballa sobre mi arroz.

—Uy, no pretendía esto. Uy, qué pena.

—Creo que me gusta.

—A mí también me gusta. Es rica la caballa.

—La caballa, no. El universo que es usted.

¿Esto habrán sentido los enamorados de Pompeya cuando los abatió la lava? Algo muy caliente me cubrió, y de golpe se detuvo el mundo. Espinoza había clasificado cuarenta y seis tipos de sentimientos. ¿Cuál de todos será el que siento ahora? ¿Será un deseo, alegría, asombro, sorpresa? ¿Qué sentirá él por mí? ¿Será desprecio que nace de la curiosidad? ¿O será parecido a lo que siento yo? Traté de recordar algo de lo que aprendí en «Filosofía del sentimiento», y calmar mi corazón que latía desbocado; pero fallé. Lo veía más pálido, probablemente por la luz de la pecera. Cuando pensé que se veía más solitario que nadie, ya era demasiado tarde. Su cara se fue agrandando a medida que se acercaba, y terminé besándolo.

En sus labios sentí un sabor que nunca antes había experimentado. El sabor a pescado gomoso, el sabor del róbalo. Quizás, el sabor del universo.

Esa noche, nos dirigimos juntos hacia su casa.

Lo abracé y me acosté en la habitación con la luz apagada.

Le toqué el cabello, aplastado por la gorra que había usado todo el día, su cuello endurecido, y los rastros del tatuaje de su espalda, más fría que el resto de su cuerpo. Él también me abrazó los hombros. Nos abrazamos sin dejar espacio entre nosotros y nos quedamos quietos por un rato. Y en ese momento pude sentir como si todo mi cuerpo, la forma de mi pecho y la longitud de mis brazos existieran para adecuarse a él; y su cráneo cálido apoyado sobre mi pecho me resultó tan gigante y preciado como si estuviera abrazando el universo mismo. Concentrado en su temperatura a través de mi piel, y su respiración que hacía eco en mi oído, por un momento me olvidé de mí mismo.

Un ser que no era yo, sin ser nada, en un instante, me volví una parte de su mundo.

Aún recuerdo lo que dijo luego de que tuviéramos sexo.

—Espinoza murió de una enfermedad pulmonar.

—¿En la clase se mencionó eso? ¿Habrá sido tuberculosis?

—Por la pobreza. Se dice que trabajaba torneando vidrio y que murió por el polvo de vidrio que aspiró. Dicen que sufrió *bullying* entre los académicos. Por eso no le hicieron lugar en el estrado, tuvo que vivir de trabajos como jornalero, y terminó de esa manera.

—Qué lamentable.

—Por eso yo también me dedico a un trabajo estable. Porque vi demasiadas veces cómo el arte y las creencias destruyeron al ser humano.

Pero ¿cuánto destruyó el arte al ser humano? ¿Y no era que Espinoza era filósofo, no artista? Me surgieron esas dudas, pero no lo dije. Él, muy serio, seguía con historias que no me interesaban, que tampoco eran importantes; y yo fingí interés. Mientras, el purificador de aire ubicado en el cabezal de la cama funcionaba sin parar. Mirando la máquina, dije:

—Qué bueno que aquí el aire es limpio.

Su departamento de dos habitaciones estaba en un semisótano, y tenía cortinas *blackout*, por lo que era oscuro como una cueva. El espacio era amplio, pero estaba lleno de cosas que daban un aire de sofoco. En la biblioteca gigante había colecciones de libros de filósofos desconocidos, y en las dos únicas habitaciones había purificador de aire, deshumidificador y aire acondicionado. También había una silla ergonómica, un sillón de estilo nórdico, juego de comedor y una alfombra que parecía nueva.

—La casa es un poco demasiado. Tiene varias cosas buenas…

—Es que mi madre fue un «jazmín negro».

—¿Y eso?

—Una categoría que dan en los *shoppings* cuando alguien gasta mucho dinero. Es una categoría VIP.

—Ah…. Ya veo. —Hacía mucho que no escuchaba un pavoneo tan poco disimulado—. Se ve que tiene mucho dinero.

—En una época sí, pero ya no. Le conté aquella vez, ¿cierto? Que mi madre es alcohólica. Cuando se emborracha se va de compras. Aquí hay dos aires acondicionados y dos deshumidificadores. La biblioteca y el sofá, todo lo compró mi madre estando ebria.

—Qué borrachera, increíble. Que yo grite y bese hombres no es nada en comparación.

Lo dije como una especie de chiste, pero, nuevamente, nos envolvió un silencio más pesado que la tiniebla.

—Por eso mi casa se vino abajo. Desde que nací hasta la universidad viví en un apartamento de Apgujeong, pero ahora estoy viviendo aquí, así como me ve.

¿Qué debo responder? No está mal su vida, no le falta nada. Tampoco es que vive al borde de la muerte por un cáncer. Qué bueno que haya vivido en Apgujeong. No le podía decir eso. Y no se puede ignorar de dónde viene uno; yo, como de costumbre, me puse a calcular la ficha de puntaje según el tamaño de la casa, que hubiera nacido en Apgujeong, y que trabajara como editor tercerizado. ¿El resultado? Estimado, no lo podemos adherir

85

al servicio. Y yo tampoco era gran cosa: me había graduado de una carrera de cuatro años en Literatura francesa, pero estaba desocupado. Parecía que éramos una pareja ideal de descartados y yo sentía que eso nos unía como destino. Al pensarlo, realmente me di cuenta de que no estaba en mis cabales.

Y así, escuchando su respiración, me quedé dormido un rato. Cuando me estaba despertando, vi que él también tenía los ojos abiertos y estaba moviéndose de un lado al otro. Casi a la vez, nos colocamos de lado, mirándonos a los ojos.

—¿Ya sabía que yo era de la acera de enfrente?

—Sí, lo supe desde el primer momento.

—¿Y sabía que llegaríamos a esto?

—Sí, también lo supe desde el principio.

No sabía de dónde sacaba esa seguridad. Como si fuera el hombre más masculino y atractivo del mundo, al lado suyo sentía que se me notaba lo gay (no sabía bien qué era, si es que existe algo así); detestaba ese aspecto de viejo gay negador, pero no podía detener mi corazón, que se hundía en él. Para conocerlo, y para conocerme a mí mismo que caía en él. Para descifrar esa contradicción, prestaba atención a sus palabras, y observaba todos sus detalles. Como un estudiante de posgrado que escribe su tesis eterna, con urgencia y anhelo.

Ese verano me volví completamente loco. Estaba fuera de mí, atrapado. A la madrugada él me llamaba sin falta, y yo dejaba atrás a mi madre en su cuarto de la clínica e iba desesperado a buscar un taxi. Parecía que las luces de la

Avenida Olímpica impregnaban un sello sobre mi rostro; y yo sentía la luz difuminada por el efecto secundario de mi cirugía de ojos *lasik*, sentía como si todo fuera un sueño mientras atravesaba los quinientos alumbrados. Cuando pagaba el viaje de más de quince mil wones al taxista y me bajaba, podía ver su casa. Cuando golpeaba la puerta de metal, la bisagra vieja emitía un sonido parecido al llanto. Y recién allí, él, unos diez centímetros más alto que yo, aparecía abriendo la puerta.

—Llegó.

Una voz tímida. En la oscuridad, sus ojos hundidos y su boca saltona me parecían tan tiernos que no me podía aguantar y le acariciaba la cara antes de cruzar la entrada (él odiaba eso).

Esa noche pedimos garra de pollo picante y *soju*. No habíamos terminado la tercera botella que él ya estaba todo colorado y se había acostado sobre mis piernas (a mí todavía me faltaba beber un poco más). Despacio, comenzó a hablarme de su familia. Había nacido en una familia bien acomodada en el barrio de Apgujeong-dong. Pero su padre no había podido lidiar con su madre alcohólica y abandonó el hogar; su hermana mayor se había casado muy joven y vivía en Virginia. Vivió con su madre desde la universidad, luego la internó en la clínica, y luego se independizó. Yo escuchaba su historia, mientras sentía cómo su cuello y su nuca se iban calentando. También estaba al cuidado de mi madre enferma y tenía mucho para contarle. Coincidíamos en que lo más difícil de soportar era que con la edad su carácter se volvía más violento, y cambiaba de humor segundo a segundo. Parloteó un rato con ganas y de repente se quedó callado. Miré hacia abajo y estaba dormido. ¿Qué ha pasado? ¿Es un muñeco parlanchín? ¿Así de la nada se queda dormido? Tuvo unos espasmos repentinos, y balbuceó la palabra «mamá». Una sola lágrima resbaló de su ojo. Pensé que su sueño también era rápido y alborotado; y a su vez me dio risa que un hombre ya crecido, mejor dicho, que ya estaba envejeciendo, llorara evocando a su madre. Le acaricié el cabello al hombre dormido.

Me incomodaba, pero me gustaba que él me hablara de su familia, de cómo había crecido. Me daba un poco de risa cuando hablaba del tema porque se dejaba llevar por la emoción y parecía un actor de teatro, pero a su vez me incomodaba tener que responder con alguna historia mía a cambio; igual me gustaba saber de su vida. Quería escuchar sus historias por noches eternas. Y así completar el rompecabezas de su persona, el que ocupaba dentro de mi cabeza, con agujeros de piezas incompletas. Quería armarlo en mí, con la vida de él que desconocía, sus costumbres, y hasta su respiración, todo lo que yo aún no supiera.

Obviamente, él, que desconocía mi ardua lucha interna, durmió en mis piernas hasta darme calambres, y se despertó repentinamente de un salto, como si alguien lo hubiera llamado. Tardó un rato en recomponerse, y yo le dije:

—Sabe que me ha babeado, ¿cierto?

Se limpió el rostro con la carita más tierna que ninguna. Se levantó con movimientos lentos, y encendió la luz de mesa estéticamente perfecta (probablemente comprada por su madre). La luz tenue iluminó su cuerpo, y pude conocer la verdad del tatuaje que lo cubría. La punta filosa de su dedo no era la cola, sino una raíz que trepaba por su brazo y sus piernas, hasta llegar a su pecho y su espalda. La imagen tatuada era un gran árbol. Una ilustración como la que vi en una página de *El principito*, era un árbol que cubría un pequeño planeta.

—¿Es el baobab? ¿El que aparece en *El principito*?

—No. Es el árbol de la vida.

—¿Y eso?

—No tiene mucho significado. Es el principio de la formación del universo que estudié.

Comenzó a decir que el universo era como un gran árbol, citó filosofía barata, una mezcla de la leyenda del árbol sagrado de la mítica oriental, y dijo algo sobre cosas invisibles como las estaciones, la muerte, la regeneración. Pero, para mí, solo era una huella de su época de juerga, que luego cubrió con un dibujo que parecía un poco más decente (tampoco muy decente). Pienso eso porque en el espacio vacío entre el árbol se podían atisbar fantasmas, una rosa roja, una flor de loto y un dragón. Al parecer, esos eran los rastros más antiguos de un *irezumi* inconcluso.

—¿No está cubriendo otro tatuaje *irezumi*?

—Wow, qué ojos. ¿Cómo se dio cuenta?

—Porque tengo ojos…

Se había hecho el tatuaje en su época de preparatoria con un «viejo amigo» (tenía viejos amigos en cada ámbito y estrato social) que había venido de Japón. Sin haber podido acabar el tatuaje, el conocido terminó preso, y así había quedado, hasta que hace poco se pudo completar el trabajo.

—Pero ¿los jóvenes de ahora también conocen el *irezumi*? Fue popular en mi época.

«Viejo amigo», «los jóvenes de ahora», eran todas palabras de viejos. Al hablar un poco más con él, dijo que tenía doce años más que yo. Matriculado en el año 95 en la Universidad K, categoría 76, horóscopo chino: dragón.

A pesar de la gran diferencia de edad, suficiente para que se percibiera la brecha generacional, mis sentimientos hacia él no cambiaron en lo más mínimo. Mientras me acariciaba la barba, dijo:

—Estar así, con la luz apagada en la habitación.

—Sí, dígame.

—Siento que solo somos nosotros dos en este universo.

—Oiga, por favor.

Cuando conversaba con él en su casa, sentía como si escuchara las líneas de una tragedia griega, del teatro de lo absurdo, o de una película de los años ochenta. Seguro era porque le gustaba hablar sobre la existencia o la filosofía del universo, y también se acentuaba esa sensación porque nos tratábamos de «usted». Eso no me disgustaba, y además, sentía que por eso nuestra imagen era bastante tierna. Patética, pero tierna.

Cuando estaba a punto de amanecer, salíamos y la puerta de su casa chirriaba como un llanto. En el local al lado de su casa había una tintorería. Cuando abría temprano, él caminaba dos pasos detrás de mí, y cuando estaba cerrada, iba agarrado de mi meñique. Como me gustaba andar tomados de la mano, a veces salíamos más temprano a propósito. Cuando llegábamos a la avenida, nos quedábamos sentados en la estación del bus, lado a lado, hasta que llegara el primer servicio del día. Cuando me subía, él me saludaba con la mano a mis espaldas. Yo me sentaba en el asiento del fondo, y lo miraba saludándome por el vidrio posterior. Entre la gente que dormitaba, siempre que giraba la cabeza la figura de él se iba achicando de a poco. Hasta que el bus doblaba en una esquina y desaparecía por completo; me saludaba con las manos hasta que yo desaparecía de su vista. Era la primera persona que se detenía tanto tiempo a observar mi partida.

Durante una temporada estuve inmerso en la fantasía de que donde estuviera, cuando fuera, él me estaría saludando con la mano, a mis espaldas. Con la luna aún en el cielo, llegaba a la clínica impecable recién limpiada, atravesaba el pasillo y vaciaba la bolsa de orina de mamá, silencioso. Mi día comenzaba con la voz quejosa de mi madre, irritada, que decía haber tenido una mala noche de sueños.

Cuando terminaron las doce semanas de clase en la academia, mi relación con él continuó.

Nuestros encuentros duraban pocas horas de la madrugada pero, gracias a ese corto tiempo, se había reconfigurado mi día. Cuando no estaba con él, pensaba en dónde estaría, en qué estaría haciendo. Mientras cuidaba a mi mamá soportando su mal humor, mientras inventaba historias para escribir en mi carta de presentación laboral, también seguía bajo su dominio. Cuando andaba por la calle que había caminado más de diez mil veces, también estaba en su zona de influencia. Quería observar mi rutina y mi espacio con sus ojos, por eso caminaba de puntillas y miraba las calles desde arriba, a través de él. Pensaba qué le podría interesar y qué podríamos hacer juntos, y con los nervios en alerta, recibía todos los estímulos del mundo. Seguramente entré al local de GAP por eso, un lugar que en general hubiera pasado desapercibido. Me llamaron la atención las camisetas a dos por uno. Compré dos del mismo modelo, una en talla XXL y otra en XL, y las guardé en mi mochila. Creo que sonreí un buen rato pensando en cómo la camiseta que le había comprado rozaría su espalda suave y fría.

Esa noche, las saqué en su casa. Su cara, ante las prendas con un mismo diseño y diferente color, se puso fría de golpe.

—No creo que pueda usar esta camiseta.

—Ah, claro, puede ser raro usar camisetas idénticas. Entonces, nos las ponemos en casa...

—No solo eso, tiene la bandera estadounidense.

—¿Cómo?

—Joven, yo no uso ropa con ese tipo de estampa. Se ve que usualmente usted viste ese tipo de símbolos sin ninguna conciencia del problema. Como banderas de países criminales de guerra. ¿Le gusta mucho Estados Unidos?

—Eh... No en particular...

—La música que escucha también.

—Me gustan las divas, nada más. Todos los gais son así. No existe gay al que no le gusten Britney y Beyoncé.

—¿Quiénes?

—Fah...

Dijo que le incomodaba todo de Estados Unidos, y las cosas de esa procedencia.

—¿Cosas de ese país?

—Sí, el Imperialismo Estadounidense.

«Imperialismo». No supe qué hacer con esa palabra que no escuchaba desde la escuela. Solo me quedé mirando fijamente su cara sin saber qué hacer. Sentí como si hubiera cometido un grave error, y por primera vez sentí vergüenza de la bandera de Estados Unidos que tenía en mi camiseta y en la gorra. No por mi ignorancia política (nunca me avergoncé de eso), sino por miedo a que él se horrorizara de mi frivolidad carente de pensamientos y que por eso no quisiera verme nunca más. En ese entonces tenía toda la mente puesta en cómo hacer para que él me quisiera, y si era necesario, estaba dispuesto a cambiar mis valores. Esa noche, por primera vez la pasamos sin tener sexo. No compartimos ninguna comida, nuestras conversaciones fueron banales, y la distancia que nos separaba no parecía acortarse.

De lo que sí hicimos como siempre, podría mencionar que me habló toda la noche hasta el amanecer, con lujo de detalle, sobre los males que Estados Unidos le causa al mundo. Dijo que ese país domina el mundo en lo económico y cultural; y mencionó conceptos básicos de manual sobre la hegemonía, el neoliberalismo y el imperialismo cultural que hay en las películas de Hollywood. A mí no me interesaba mucho el tema, solo quería abrazarlo. Estar en sus brazos y sentir que las palabras no eran necesarias. Quería concentrarme con mi cuerpo en su temperatura corporal y en sus latidos. Él, sin saber mis pensamientos, me dijo lo siguiente para cerrar:

—Joven, usted ni se debe imaginar el mundo que yo viví.

Y usted tampoco sabe sobre el mío. Y tampoco le interesa.

Esas palabras me subieron hasta la garganta, pero no las pude pronunciar. Porque pensé que una frase así podría ser fatal para nosotros en ese momento. Porque eso solamente incrementaría, aún más, la distancia física entre él y yo.

Mientras yo estaba perdido en él, con el objetivo de «curar el cáncer», mi madre estaba demostrando su notoria disciplina. Mientras pasaba por dos procesos de cirugías, se había convertido en una erudita, mejor que cualquiera, sobre el cáncer (al menos en su mente). Había leído todo tipo de libros que se consiguiera sobre el tema, se asoció a una comunidad virtual para actualizarse con las últimas novedades y sabía de memoria el nombre de los médicos destacados en cada materia: en el cáncer de mama, doctor Fulano en la Clínica Samsung; en el cáncer de útero, doctor Mengano de la Clínica Asan; en el cáncer de hígado, el doctor tal, y así sucesivamente. Recordé por un instante a mi madre cuando planificaba vivaz mi currículum para matricularme en la universidad. También recordé su cara de decepción cuando recibió mi calificación del examen que había hecho. Así, tan rápido como desistió con mis notas, aceptó sin quejarse cuando le dijeron que debía someterse a otra cirugía por la metástasis en las glándulas linfáticas. Dijo que dejaría todo en manos del ser divino.

Los designios divinos son singulares y la tercera cirugía, a diferencia de las otras, no tenía buen pronóstico. El tracto biliar se había obstruido y la zona afectada se infectó haciendo que la fiebre subiera a cuarenta grados. Durante quince días vomitó todo lo que comió, vomitaba y volvía a vomitar, y bajó a cuarenta y cinco kilos. Yo, que la cuidaba, perdí peso a la par. Y entre vómitos y diarreas cada diez minutos, entendí que la vida no es más que pasar de una habitación de una clínica a la otra. Como estaba junto a mi madre durante todo el día por obligación, no tenía tiempo para verme con él. Podía hablar por teléfono cada tanto, y eso era también escucharlo hablar de sus tonterías metafísicas. Escuchaba sus problemas sin solución, que tapaban todos los problemas de la realidad. Llegué a analizarlo psicológicamente, y a suponer que quizás esa manera de ver la vida era un síndrome de fatiga producto de la manía de su madre, que todos los días, ebria, compraba cosas. Pensé que la desgracia hace madurar al hombre, y me consolé de mi propia realidad.

En el caso de mi madre, se ve que procesaba el sufrimiento físico de otra manera. Luego de la cirugía adicional, se obsesionó conmigo casi al nivel de tener ansiedad si no estaba junto a ella. Cuando se despertaba, me buscaba, y si no era yo el que le daba de comer, rechazaba el alimento. Yo le daba la comida, la acompañaba al baño, le limpiaba los vómitos y, sentado en la cama del acompañante, escribía mis presentaciones personales de cinco a diez mil palabras por día.

Cuando la trasladaron a una habitación normal, contraté a una cuidadora. Sentía que si la seguía soportando me pararía yo frente al ser divino antes que ella, pero, sobre todo, quería tocarlo.

Cuando nos vimos luego de quince días, yo saltaba de la alegría. Así, seis meses después de conocernos, por primera vez nos encontramos de día en un lugar transitado. Era un poco diferente a vernos por la noche. Su piel sin humedecer se veía reseca bajo la luz del sol y sus ojos, que parecían alargados, eran así porque sus arrugas se expandían más allá del ojo. Aquellas eran cuestiones menores. Entre la muchedumbre caminaba encorvado y agachaba la cabeza como si lo hubieran golpeado. Trataba de disimular, pero pude notar que se sentía muy incómodo caminando a mi lado. Mentiría si dijera que no me molestaba, pero eso no cambiaba ni reducía mi pasión por él. Es más, cambiaba hacia una compasión cálida. Yo, de veintiséis años, y él, de treinta y ocho, caminábamos por la Avenida Gangnam a la par, rozando el dedo meñique como por casualidad pero sin girar la cabeza para mirarnos a la cara, mirándonos de reojo, riéndonos al hablar de pequeñeces. Así, mientras me sumergía en algo romántico, alguien me llamó. Era un colega de la empresa anterior (el que quedó en planta permanente, en lugar de mí). Yo lo saludé (insultándolo por dentro) con alegría. «¿Cómo has estado?». «Yo, nada nuevo...». Él se paró dos pasos detrás de mi colega y yo, raspando el suelo con las zapatillas. Lo señaló con la mirada y me preguntó quién era. Le respondí: «Un compañero de estudios mayor». Todos nos saludamos con la cabeza, un tanto incómodos, y nos despedimos de forma torpe. Una vez que se retiró mi colega, quedamos en un profundo silencio embarazoso. Yo de veintiséis años y él de treinta y ocho, ¿cómo podríamos tener una relación de superior e inferior de estudios? Pensar así me causó un malestar interno, pero cuando uno se lo propone la vida puede ser infinitamente compleja. Así que decidí dejar de pensar.

Y una vez pasó lo siguiente. Cuando llegó la cuidadora a la habitación, inmediatamente me subí a un taxi y fui directo al Parque Olímpico. Como siempre, él llevaba una gorra negra y su mochila, pero tenía una camisa blanca arremangada y se había puesto un protector solar muy blanco que le daba un color a la cara distinto del cuello; eso me generó cierta expectativa sobre la cita, y me daba tanta ternura que no me podía controlar. Como era una mañana de un día de semana no había mucha gente en el parque, por lo que aproveché que nadie nos miraba y le di un beso en el dorso de la mano. Él la quitó inmediatamente y me dijo: «¿Qué le pasa?», aunque no parecía disgustarle. Pero no podía ocultar su inseguridad, por eso caminamos a la par pero unos quince centímetros distanciados. Caminamos juntos bajo las flores de cerezo recién florecido, y cuando soplaba el viento, los pétalos caían como nieve. El lago artificial estaba calmo, no había micropolvo en el aire, reinaba el silencio, y a ratos un matrimonio joven pasaba con un cochecito de bebé, o una pareja de ancianos iba de la mano por el sendero. Él se acercó a un cantero, tomó unas azaleas y se las colocó en el bolsillo de la camisa. Era un comportamiento propio de padres en el día de los padres, que me sorprendió bastante.

—Querido, ¿qué hace?

—Le dije que no me llamase así en público.

—Es más vergonzoso lo que acaba de hacer usted.

—Tampoco se acerque demasiado. ¿Quiere divulgar que somos gais?

—Creo que es una realidad y ya lo sabe todo el mundo.

Me ofendí con esa pequeñez y caminé a tres pasos alejado de él. Él se acercó, me colocó una flor de su bolsillo en la oreja disimulando y me tomó una foto con su iPhone. Fingiendo verla, lo abracé en broma, y él, espantado de verdad, saltó del susto. Al verlo me decepcionó, ternura y bronca, una ciclotimia que se alternaba segundo a segundo. Pero el Parque Olímpico en primavera era tan hermoso que daba ganas de llorar y yo pensaba que mi cambio de humor quizá se debiera al clima, o a que estaba roto por dentro de tanto estar viendo enfermos todo el día. Todo eso pensaba mientras hacía las mil estupideces inocentes y promiscuas que hacían todos, como colocarse hierbas en la oreja.

Se detuvo de golpe. Alguien lo saludaba con la mano desde lejos. Era una pareja de mediana edad. Estaban tomados del brazo como si estuvieran atados, parecían pegados; y se acercaron a saludarnos contentos. Muy aturdido, se quitó la gorra para saludarlos y yo, por acto reflejo, di un paso atrás. Por lo que hablaban, entendí que eran los superiores de estudio en su carrera. Yo, dos pasos detrás de ellos, pateaba el piso con las zapatillas y miraba la punta del lago aguantando su conversación aburrida. Alguien del centro de estudiantes obtuvo el apoyo del partido de izquierda y va a postularse como alcalde, otro escribió un manual sobre la política para el ciudadano y va a ser panelista en un programa de televisión, en nuestro matrimonio hacemos *jogging* como *hobby* y estamos leyendo a Haruki. ¿A ti todavía te gusta Nietzsche? ¿Qué pensaste cuando asumió la presidenta Park Geunhye? Querido, yo lloré. En nuestra época de activismo político, jamás imaginamos que en el año 2010 pasarían estas cosas...

Como sea, ¿tu camada ya no se reúne? Qué vagos. Tú, como presidente, debes ser el que los junta. Querida, ¿por qué lo dices? Andan todos ocupados. Los jóvenes de hoy en día son así. ¿Sigues en la editorial? En la que publican libros de adoctrinamiento. Ah, sí, nada nuevo.

Mientras escuchaba el diálogo que no se sabía si era una conversación o un sermón, una especie de tortura, vi cómo su expresión se ponía cada vez más seria. De repente, el hombre de la pareja me preguntó:

—Allí, ¿usted quién es?

—Ah, yo soy un inferior académico.

—¿De la universidad? Porque, si es así, es un inferior nuestro también. ¿En qué año ingresaste?

—(*¿Por qué me tuteas si no me conoces?*) No de la universidad, sino del barrio...

—Ah... ¿De Gangnam?

—Sí, algo así... (*¿Qué te importa dónde vivo?*)

—Y, joven, ¿usted qué piensa de Park Geunhye?

—No empieces. Ignórela.

—¿Por qué? No le pregunté nada fuera de lugar. ¿A los jóvenes les gusta Park Geunhye?

—Ehh... Es una persona antigua.

—¿Antigua...? Qué interpretación novedosa.

¿Qué es lo novedoso? Se sabe que Park Geunhye es una persona antigua. ¿Por qué será que los viejos les preguntan a los jóvenes sobre unas cien personas que ellos conocen, mencionan mil temas que les interesan a ellos y luego quieren saber nuestra opinión? ¿Para qué? ¿Cambia algo si les cuento? Si estamos al tanto de cosas parecidas y pensamos de forma similar, ¿se reduce nuestra diferencia de edad? ¿Y si pienso diferente? «Obviamente piensa como un niño, mis años no fueron en vano». ¿Creyendo eso van a sentir consuelo de su aspecto y su cuerpo destrozado? El hombre, que percibió mi incomodidad, me rozó el hombro con suavidad, y dijo: «Se ve que te gusta Park Geunhye por vivir en Gangnam. Si tienes mucho dinero, es comprensible». Me mordí el labio. «No se enoje. Es un chiste. Nosotros también vivimos en un apartamento en las afueras». El matrimonio se rio como si algo de eso fuera gracioso, y yo sentí el impulso de tirarlos al lago. El rostro de él se iba poniendo blanco como un papel.

—A todo esto, ¿qué haces por aquí a estas horas? ¿No deberías estar en la oficina?

—Ah, tenía unas cosas que hacer por aquí.

Movía sus pupilas de lado a lado y se notaba que estaba mintiendo. La mujer le preguntó abriendo mucho los ojos:

—Pero ¿qué tienen que hacer dos hombres en este lugar? ¿En un día tan floreado como este?

—Ah, sí. Sin querer queriendo.

—Se ve que son novios.

Se lo dijo a su mujer como un comentario al pasar. Ella respondió sin contener la risa:

—Querido, no puedes decir esas cosas hoy en día. Cuidado.

—¿Por qué? Yo apoyo la homosexualidad, y eh... los *queers*. Creo que son cosas que pueden pasar.

—¿Qué dices? ¿Esa no es la mala influencia estadounidense?

El matrimonio se reía a carcajadas dándose empujones y yo, mientras pensaba qué carajo decían, no podía comprender. Cuando uno envejece, se ve que le causa risa todo tipo de cosas. Y decidí huir de esa situación.

—Entonces, nosotros nos vamos retirando.

—Si aún no han almorzado, ¿qué te parece comer juntos? Yo invito al joven también.

Mientras él dudaba, respondí en su lugar:

—No es necesario. Ya hemos comido.

—¿Ya? Pero son recién las once.

—Hemos tomado un *brunch*.

Dejamos atrás a esos dos que nos miraron como si fuera el fin del mundo, lo tomé del brazo y caminé hacia adelante. Él, confundido, saludó diciendo: «Los veo otro día», y se fue, arrastrado por mí. Pocos pasos después, tomándolo del brazo, detuve un taxi, y nos subimos.

Quería escapar a algún sitio, y sin razón, sentí que debía ser la casa de él. Tenía que ser el lugar más cómodo para él. No solo por mí, sino porque lo veía sufriendo. En cuanto llegamos a casa, se quitó la gorra. Suspiró y dijo:

—¿Por qué ha hecho eso?

—¿Qué cosa?

—¿Cómo va a decirles *brunch*? Me hace quedar…

—¿Quedar cómo? Queda como que soy su inferior.

Él jadeaba como si no se le pasara el enfado. Yo me quedé perplejo porque nunca lo había visto así; mejor dicho: nunca lo había visto tan perturbado. Yo tampoco pude hablarle bien.

—¿Quiénes eran esos dos?

—Son superiores. De cuando hacía política.

—Entonces no tienen ninguna gran relación, ¿por qué está tan nervioso? Podía dar alguna excusa mediocre y retirarse.

—Pero son superiores…

Él había sido presidente del centro de estudiantes, lo habían detenido varias veces, y ahora era profesor e investigador en un centro de estudios de Historia; y la mujer había escrito una novela sobre su vida como activista y recibido un premio que les entregaban a los autores del ámbito Chamyeogye, y se había vuelto una famo(sísima) autora. Eran conocidos de conocidos, y agregó que eran personas que seguiría viendo.

—Pero ¿es necesario que sea tan atento con ellos? ¿Qué importa que haya sido presidente del centro? ¿Y que ella sea escritora? Solo decían estupideces. Y cada vez que podían lo menospreciaban a usted. Hasta yo me sentí molesto. ¿Por qué los aguanta? ¿Qué importa lo que piensen de otros? Me debería agradecer. ¿Qué hubiera hecho si almorzaba con ellos? Para ser activistas, su noción de derechos humanos es desastrosa. Y encima que se creen que son progresistas...

—No hables...

—¿Cómo?

—No hables de esa forma.

Era la primera vez que me tuteaba. Yo, también molesto, cerré la boca por completo. Y en silencio, preparé mi bolso y me fui de la casa. Quería que me detuviera, pero no lo hizo. Más que triste, estaba enfadado. Y más que enfadado estaba desesperanzado. Seguramente ese fue el primer día que él no me despidió, que no me miró la espalda.

Dos días después, a la madrugada, me llamó. Con mucha voz de borracho, me pidió que nos encontráramos.

—No tengo mucho para hablar contigo cuando estás bebido.

—¿Me tuteas?

—Tú también me tuteas.

—No seas terco y ven.

—No quiero. No soy tu perro que va y viene cuando lo ordenas.

—Por favor, ven.

Sí era un perro. Cuando llegué corriendo a su casa, estaba usando papel de diario como mantel, bebiendo *soju* y comiendo pulpo y róbalo. Al verme, sin mediar palabra, me besó. Sentí olor a alcohol en su boca, y lo alejé.

—Pero ¿qué hace?

Sin palabras, me desvistió en silencio, y comenzó a acariciar mi cuerpo. Le miré la cabeza, que parecía un melocotón, y su rostro, que parecía un raviol tierno y frío. No pude sino abrazarlo.

Luego del sexo, me confesó su pasado.

—Tengo problemas en la cintura. Es que estuve preso un tiempo.

—¿Era narcotraficante?

—No, por activismo, fui detenido varias veces.

Me contó con ganas sobre su vida en la política estudiantil cuando tenía veinte años. Yo, oliendo el olor a pescado y alcohol que salía de su boca, me acurruqué y escuché sus historias.

Dijo que en la universidad había sido presidente de la Facultad de Ciencias Humanísticas. Cuando escuché la palabra «presidente», entendí muchas cosas. Que camine mirando siempre hacia adelante, como si alguien lo estuviera observando, que dependa demasiado de la mirada ajena, y su manera de hablar, en silencio hasta último momento, para tener la última palabra como si todo obedeciera a su decisión. Dijo que él había sido la última generación de activistas universitarios que habían sufrido el Suceso de la Federación Universitaria de Corea; y dijo que una vez que se graduó había estado un tiempo en la actividad sindical. Me contó que había participado activamente en el Caso de Hyosun y Misun, en las marchas para la derogación de la Ley de Seguridad Nacional, en las protestas Anti-Chosun, entre otras, y que por eso estuvo detenido en varias ocasiones. Agregó que aún sufría las secuelas de su detención, en las que se deterioraron su cintura y su cuello. Escuchándolo en detalle, entendí que estuvo detenido cuatro veces y en total no sumaba más de setenta y dos horas tras las rejas, que tampoco lo habían torturado; solo había estado acostado en el suelo de la celda. Era un poco exagerado decir que por ello sufría de dolores crónicos. Me pareció que probablemente fuera una enfermedad producto de su mala postura, pero no lo dije en voz alta.

Siguió con sus historias de cuando era activista. Que se hacía un nuevo tatuaje cada vez que lo liberaban de una celda. Cuando contó que se tapaba un tatuaje con otro cada vez que tenía un nuevo despertar, me dejó atónito, como si no tuviera los pies en la tierra. Mientras escuchaba a medias sus historias, busqué con mi teléfono el centro de estudiantes de su universidad. La opinión era que eran famosos por su tendencia extremista NL. Pensar que luego de tener sexo en un semisótano, escuchaba las anécdotas de un expresidente estudiantil sobre su vida de activista me parecía el cliché del epílogo de una novela de los años ochenta y me hacía reír.

—Por eso ahora también solo uso iPhone. Dicen que ni la CIA puede violar la seguridad de estos móviles.

Dijo eso sosteniendo con fuerza un iPhone 4, muy pequeño para su mano. Dijo que en su época plena de activismo había estado en la lista negra de la policía, que por eso le pincharon el teléfono, y que también lo vigilaron en secreto. Cuando la historia llegó a ese punto, me pregunté «qué está diciendo», y me di cuenta de que no usaba aplicaciones de mensajería como Kakaotalk, u otras apps nacionales, sino únicamente el iMessage. Dijo que las que tienen el *server* en el exterior son seguras. Y agregó:

—Todavía siento como si alguien me vigilara. Y eso me hace sentir inseguro.

—¿Todavía hay gente que se dedica a eso?

Él agregó, totalmente serio:

—Hay gente a la que que aún hoy la escuchan clandestinamente. Y también hay personas que mueren por su activismo social.

—Claro, entiendo. Hay personas que actualmente mueren y luchan. Eso sabía.

Pero no sé si es su caso. No es que no le crea, o no le pueda creer. Pero no sé si es usted tan importante. No sé si usted fue presidente estudiantil, o qué clase de gran actividad realizó, pero hoy es un simple hombre del montón que insulta a los autores y corrige su ortografía encerrado en su habitación. Es tan ordinario como yo. Usted solo es importante para mí, por eso puede contarme estupideces como estas. Nació en Apgujeong, participó del activismo estudiantil, y lo escucharon clandestinamente a sus veinte años. Pero hoy lee a filósofos muertos y corrige sus textos. ¿Qué tendrá en la cabeza? ¿Será como su espalda, que terminó siendo un garabateo desprolijo? Y yo, que lo quiero, ¿qué soy? Tenía ganas de decirle todas estas cosas sin parar. Pero no lo hice, y simplemente, le besé la boca.

Para que no pudiera seguir hablando.

El Parque Olímpico en otoño de ese año estaba más bonito que nunca.

Mi mamá estaba entrando a la etapa final de su tratamiento. Para recuperar la resistencia física perdida, quiso abrir su apetito al máximo para poder comer y salía a caminar a la fuerza. A pesar de que se obligaba a comer, su cara seguía enflaqueciendo. Mi madre me habló mientras acariciaba una hoja de árbol que había recogido:

—Últimamente pienso mucho en la época que ibas a la preparatoria.

—¿Qué dice?

—Pienso mucho en cómo no pude cuidarte bien cuando estuviste enfermo.

—La que estaba enferma era usted, no yo. Y la persona a la que no cuidó en ese momento fue a usted misma.

Ignorando mis palabras, se acercó al cantero. «Mira, no sabía que había esto». Lo que vio agachando el cuerpo era una col silvestre. Parecía una col, pero era violeta con algo de rojo. Era un poco contradictorio.

—¿Qué es eso? Se ve raro. No lo toque.

—Hubo una época en la que detestaba esta flor.

—¿Por qué? Si le gusta todo tipo de plantas.

—Cuando no pude entrar a la universidad, esa fue la primera flor con la que me topé. Vi que mi nombre no estaba en la lista de aprobados, y salí por la puerta principal. A ambos lados de la acera, estaba lleno de flores de col silvestre. Cuando vi las flores violetas, sentí náuseas y me empecé a descomponer. Me sentía muy mal. En ese momento sentí como si se acabara el mundo, pero sigo aquí, viva.

—Así que existía la col silvestre en ese entonces.

—Por supuesto. Todo lo que existe hoy ya existía en ese momento.

Mientras pensaba en las cosas que siempre existen, regresé a la clínica sosteniendo a mi mamá.

A finales de ese otoño me encontré con él, que dijo que venía de entregar un trabajo tercerizado para la editorial.

Nos habíamos peleado mientras bebíamos en un restaurante en Hongdae. Dijo que mi aspecto de no poder controlar la bebida le recordaba a alguien (probablemente, a su madre). Me indignaba que, sin importar de qué estuviéramos hablando, la conversación terminara siempre en sus días como activista, o en su madre. Lo ataqué y le dije: «Creo que usted no soporta no ser el centro de la conversación, y eso debe de ser porque tiene un complejo con su madre». Él me respondió que la situación era idéntica para mí. No estaba equivocado, y eso nos hirió mucho a ambos y desencadenó una pelea más grande. El clima alegre de ir a tomar algo que había imaginado había desaparecido y nos quedamos hasta tarde diciendo cosas que no se debían decir. Así, heridos, salimos del restaurante y fuimos a buscar un taxi a la calle. La gente andaba por todos lados llena de sangre. Había gente disfrazada de superhéroe, otros vestidos de soldados muertos. Era Halloween. Maldición. Pensaba que además del humor de mierda, iba a ser difícil conseguir taxi. Y él, con cara de haber comido algo en mal estado, dijo que estaba en contra de Halloween porque venía de Estados Unidos. Se puso a opinar sobre la sociedad poco crítica que acepta las festividades occidentales sin comprender su origen. Yo, harto de todo, me quedé callado. Esquivamos, por un lado y por el otro, a la gente que parecía emocionada. Hasta que alguien me tomó del brazo. Giré la cabeza, y era un hombre disfrazado de zombi que me pidió que le tomara una foto con sus amigos. Sonriendo, tomé su Polaroid y le hice una foto al grupo del zombi, Drácula y la Mujer Maravilla. Se ofreció a tomarnos una a los dos, y dijo que nos pusiéramos lado a lado. Él estaba tieso y yo puse disimuladamente mi brazo en sus axilas. En la fotografía, estábamos de pie de forma poco natural tomados del brazo. En cuanto nos sacaron la foto, él se alejó un paso rápidamente y me quitó el brazo. Cuando le pregunté si la quería, negó, decidido, con la cabeza. Finalmente, yo guardé la pequeña fotografía en el fondo de mi billetera.

Esa fue la primera y última foto que nos sacamos juntos.

Ese invierno, el árbol de la vida de su espalda se marchitó, y el fantasma *irezumi* que había detrás se volvió aún más borroso. Creo que fue porque engordó. Dejó la actividad física que hacía tres veces por semana y tomó dos trabajos adicionales de edición tercerizada de libros de filosofía. La arruga de su entrecejo se pronunció, y aumentaron sus pequeñas histerias. Me di cuenta por actitudes propias de las personas que están atravesando un mal momento. Mi situación no era muy diferente. Me dio rinitis crónica, y me rechazaron cuarenta y ocho empresas que comenzaban diciendo: «Lo sentimos pero no ha sido…». Dormía entrecortado de a tres o cuatro horas en la cama de acompañante de la clínica, y aguantaba inventando historias sobre mí en el portátil sobre mi falda, tragándome los mocos, pero nada parecía que fuera a mejorar. Me fui agotando sin importar la juventud de mis veinte años. Las citas diurnas, que parecían operaciones de espionaje, también se fueron marchitando. Comenzamos a percibir nuestras rutinas diarias como una crisis relacional.

Recuerdo la última vez que fui a su casa, a finales de la crisis.

Pedimos cerdo agridulce y comimos con *soju* mientras veíamos una película en su habitación. En el televisor que había comprado con lo que cobró por uno de sus trabajos estábamos viendo a un espía de Europa Oriental en una lucha solitaria. La película, que no tenía un rápido desenlace, me aburría mucho, pero él estaba concentrado. Mientras, seguimos bebiendo. Yo me quedé dormido primero. Cuando abrí los ojos, se había terminado. Él también estaba dormido en el sillón. Hacía rato que no lo veía tendido con la guardia baja.

Sin nada que hacer, me senté en su escritorio. Encendí la computadora y comencé a buscar en internet cosas sin sentido. Busqué mi nombre, y el de él. Abrí la barra de favoritos. Tenía guardados sin orden varios artículos y blogs especializados en ciencias humanísticas. Entre ellos, había un artículo cuyo título decía «homosexualidad», y cliqué en él sin pensar.

En la sociedad de Corea del Sur comienzan a notarse problemáticas cada vez más complejas. Cuestiones sobre trabajadores extranjeros, casamientos internacionales, el desbordamiento de la lógica basada en el inglés, la homosexualidad y la transexualidad, aumento de estudiantes e inmigrantes extranjeros, el egoísmo polarizado, la saturación de las religiones, la profundización de la dependencia al capital extranjero, la invasión de la cultura occidental, y otras problemáticas impensadas hasta hace pocos años. («El camino del pueblo», 3.ª edición, año 2007).

¿Qué es esto?, pensé mientras lo miraba de reojo. Podía ver su espalda desnuda, y destapada. El tatuaje, que

parecía el garabato de alguien que lo había pintado y escapado, estaba igual, y podía oír su ronquido rítmico. Volví al monitor y seguí leyendo el compilado de artículos. Palabras como «sociedad del sur» o «inversión extranjera» no las comprendía a la primera, por eso los leí varias veces. Igual no terminaba de entender. Recordaba que él había mencionado palabras parecidas en alguna de nuestras conversaciones. Sentía como si me hubieran tirado algo pegajoso. ¿Qué aspecto conozco de él? Leí algunas páginas más de su lista de favoritos y cerré la ventana. En todos esos artículos figuraban las causas de la «enfermedad» o los «síntomas» de la homosexualidad. Eliminé el historial de navegación y apagué el monitor. Era mejor seguir así, sin saber nada. Yo ya estaba acostumbrado a elegir no saber. Me acosté a su lado. Su espalda, que parecía un montón de garabatos fallidos, apareció frente a mis ojos. Toqué cada uno de esos rastros. Estaba frío. Tomé la manta que había quedado tirada en el piso, y nos tapé. Pero la sensación de temblor no desaparecía. Le di la espalda y me acurruqué. De golpe sentí que quería recibir disculpas. ¿De quién?

¿De todos esos estúpidos que ponen la palabra «homosexualidad» en cualquier lado? ¿De él, que sin poder aceptarse a sí mismo junta frases de porquería como estas? ¿De mí, que sabiendo que es un tipo mediocre, lo quiero; y porque lo quiero le reviso la computadora porque quiero saber todo de él? Quizá, de todos ellos. Si no, no de otra persona, sino de mi mamá.

Quise recibir sus disculpas sinceras. Aunque sea una vez, me gustaría que me pidiera perdón, pero eso no iba a pasar. Cuando me di cuenta de que eso jamás ocurriría, me dio risa mi ser, que aunque sea por un rato quiso recibir disculpas. Y, pensando eso, decidí que debía preparar mi bolso. Lo dejé roncando y me fui. Por primera vez, me fui solo de su casa antes del amanecer. Como en la cultura estadounidense, como un producto del capitalismo.

Por aquel entonces me llamó el subgerente de la empresa en la que había trabajado como pasante. A diferencia de mí, que seguía sin avanzar, marcando el mismo casillero de la vida una y otra vez, él ya había ascendido a jefe de equipo. Me dijo que el grupo que dirigía había conseguido un contrato de diez mil millones de wones en Estados Unidos y que necesitaban personal con urgencia. No podía contratarme en planta permanente, pero me propuso tomarme como personal tercerizado y, más adelante, incorporarme como empleado con experiencia. Sabía que esa promesa de contratación no era más que el discurso seductor de un jefe de equipo y que, sin duda, se trataba de una cuerda podrida. Aun así, yo estaba desesperado y una cuerda podrida era necesaria. Aunque no pudiera verme, incliné la cabeza frente al teléfono y dije: «Muchas gracias. Quedo a su disposición».

El día que cobré el primer sueldo, caminando con él por la calle, le propuse ir al Hotel Joseon.

—¿Al hotel? ¿Los dos solos? ¿Ahora?

—No a dormir. Vamos a un buen restaurante. Cortamos un *steak*, comemos pasta, esas cosas.

—Ese tipo de lugares me resultan un poco pesados.

—No se preocupe. Invito yo. Por lo del trabajo.

Negó con la cabeza y dijo que no le gustaba mucho la carne.

Imposible. Habíamos asado carne juntos cientos de veces. Dijo que le gustaba la carne a la parrilla, pero que el *steak* no le entusiasmaba demasiado. Entonces le propuse comer pasta, pero respondió que eso no, que mejor comiéramos un guiso de mariscos y nada más. O almejas a la parrilla, o cangrejo marinado en salsa de soja.

—Ah, en serio. ¿Está obsesionado con los mariscos? ¿Fue tiburón en su vida anterior?

—Pero es raro.

—¿Qué cosa?

—Dos hombres comiendo pasta.

La pelea que empezó así ese día escaló mucho más de lo que esperaba: habiendo tantas cosas desagradables, ¿de verdad se cae el mundo si dos hombres caminan juntos?, ¿cómo hacen para respirar? Y ya que hablamos de eso, creo que es demasiado afectuoso en la calle, a nadie le importa, ¿sigue creyéndose presidente del centro de estudiantes?, deje de hacerse ilusiones, se le nota lo gay… Se armó una batalla campal.

—O sea que le doy vergüenza.

—Sí, exactamente. Me da vergüenza. Se cuelga del brazo en cualquier lado y no le importa nada, me llama «cariño». De verdad, ¿no piensa ni un poco en la mirada de los demás?

—A mí también me da vergüenza. Siempre con esos pantalones de gabardina sin gracia, la camiseta toda estirada, y lleva de todo en esa mochila hecha polvo. Ni los comandos armados andan así hoy.

Se detuvo en medio de la calle. Y durante un rato se quedó plantado allí, atónito. Yo lo miraba. Dio vuelta la cabeza, apartándola de mí, y, sin decir una sola palabra, se convirtió en esa espalda perfecta y se puso a caminar. Pensé en lo mierda que era él, y en el mismo momento en que se me ocurrió que debía detenerlo, ya había desaparecido. ¿Había cometido un error imperdonable?

Ese fue el primer día en que le vi la espalda. Y después, el silencio.

Se cortó todo contacto con él. No me atendía el teléfono y leía los mensajes pero no respondía. Era la primera vez que, mientras salíamos, experimentaba un rechazo tan absoluto. Se me secaban los labios y se me consumía el corazón. Superando el hastío, volví a entregarle mi vida cotidiana. Al abrir los ojos con el teléfono en la mano, esperaba con todas mis fuerzas que llegara un mensaje suyo. Incluso al cerrarlos, con el móvil junto a la almohada, soñaba con él. Una sola pregunta daba vueltas sin parar en mi cabeza:

¿Quién era él y qué éramos nosotros?

A medida que pasaba el tiempo con él, cuanto más iba conociendo su vida, más claro tenía que no éramos compatibles. Era lógico. Desde el principio no había tenido la menor intención de adaptarse a mí. En cada noche negra como la boca de un lobo, solo se hacía el ingenuo, el que no sabía nada, y disfrutaba de enseñarle cosas al chico que era yo y de mezclar su cuerpo con el mío. Sabía bien que siempre me había considerado alguien a quien había que cambiar y educar. Pero, por desgracia, yo no tenía un carácter que otra persona pudiera modificar. Muchas noches me quedaba despierto pensando en eso. Al cabo de una semana entera, me llegó un mensaje suyo.

¿Cómo está?

Era un contacto tan simple y unilateral que me pareció absurdo. No me enojé. Me dio una alegría súbita y odié sentir eso, pero no pude evitarlo. Se me llenaron los ojos de lágrimas. Cuanto más comprendía que él era un mundo desconocido para mí, más quería conocerlo, poseerlo. Quería asfixiarlo hasta que no pudiera respirar. Si le daba igual que fuera yo u otro, quería darle una razón por la cual tuviera que ser yo y nadie más. Quería tenerlos a él, a su vida, apretados en la mano y sacudirlos a mi antojo. Y así tomé una decisión enorme. A él...

Se lo presentaría a mi mamá.

Con muchísima dificultad, pero como si fuera de lo más trivial, sin darle ninguna importancia, saqué el tema. Estábamos comiendo rape picante con *soju*. Mientras él, abstraído, desmenuzaba la carne, pregunté mecánicamente:

—¿Quiere conocer a mi mamá?

Me miró como si en la vida ya hubiera escuchado toda clase de disparates.

—¿Para qué?

—Porque... hace un buen día, ¿no? Pensé que estaría bien caminar juntos por el Parque Olímpico... eso.

Estuvo un buen rato buscando el rape entre los brotes de soja, hasta que se rindió y dijo:

—Está bien.

—Sí. El domingo salimos a caminar. Tomamos un café, esas cosas.

—Bueno... de acuerdo. Voy al Parque Olímpico.

¿Qué fue eso? Fue absurdo de tan fácil.

Se acercaba la fecha de la cirugía y mamá armaba un escándalo cada día diciendo que tenía sueños de mal agüero. Otra vez lo mismo. Siempre exagerando con todo: en el trabajo, en la crianza, en lo que fuera. Ya le habían extirpado las células cancerígenas. Era solo un procedimiento sencillo para retirar la inflamación residual y mejorar la circulación. Una operación en la que difícilmente fuera a salir algo mal. Pensé que era el momento ideal. Cuando mamá terminara la cirugía, cuando se hubiera liberado por completo de la enfermedad y estuviera apenas empezando una segunda vida, en ese preciso instante en que estaría colmada de afecto por los seres humanos, de gratitud hacia Dios, de amor hacia el universo, haríamos estallar la bomba.

Por el futuro de mamá y el de él, por la vida que nos quedaba como «nosotros», juntemos coraje. Sí, cerremos bien los ojos y tirémonos de cabeza. Abramos la puerta y salgamos.

Después de acompañarla hasta la camioneta del geriátrico que la llevaba al Hospital Asan, volví a la habitación. Sobre la mesa de luz había una foto. La polaroid en la que estábamos juntos. La tomé. Por mis descuidos (y por mi vieja billetera de cuero, gastada y estirada) la habré perdido en algún lado. No podía saber quién la había dejado sobre la mesa de luz. Si mamá, la cuidadora o alguien más. No, era obvio que había sido mi mamá. No sé cuándo ni dónde se me había caído la foto, pero que justo el día de la cirugía dejara en un lugar para que la viera cualquiera (yo) una foto de dos hombres abrazados por los hombros, y desapareciera sin decir nada, era un gesto terriblemente propio de mamá.

Según mis recuerdos, mamá era ese tipo de persona. Alguien que siempre lo sabía todo, que siempre lo veía todo.

Incluso cuando mi papá, el responsable de habernos arruinado durante la crisis del FMI, desapareció de repente, ella ya sabía todo. «Hijo, prepara las maletas. Vamos a buscar a tu papá». Nos subimos al Matiz rojo y llegamos a un complejo de viviendas en alquiler en Incheon. Había tantas telarañas en la escalera y en los pasillos que tuvimos que abrirnos paso con el cuerpo entero hasta golpear la puerta del 302. Golpeamos un buen rato, como si la fuéramos a romper, pero no hubo ninguna respuesta. Nos quedamos bastante mirando el interior del departamento por la ventana que daba al pasillo y, al final, fracasamos en dar con papá (y con su amante). Volvimos al Matiz. Justo cuando íbamos a dar la vuelta para regresar a casa, lo vimos en el descampado que había detrás del edificio.

—Mamá, mira ahí.

Papá estaba jugando al bádminton con una mujer pequeña, de mediana edad. Él y su amante no se parecían en nada a lo que yo había imaginado. Tenían rasgos similares y parecían estar en armonía, como dos piezas de un rompecabezas que encajan a la perfección. Incluso a papá se lo veía sereno como jamás lo había visto cuando vivía con mamá. Para cualquiera que los viera sin saber nada, nosotros podríamos haber sido los villanos o los acreedores que venían a castigar a dos protagonistas buenos e inocentes. Nunca voy a olvidar la expresión de mamá al contemplarlos. Ese rostro, como si el mundo entero se hubiera detenido, no se podía explicar ni siquiera con los cuarenta y ocho tipos distintos de emociones. Su expresión no podía reducirse a la desesperación o al dolor. Ese día conocí la textura de una emoción que no se deja simplificar, una especie de quietud distinta de la de papá y su amante, una emoción que consiste en comprimir y guardar algo muy hondo dentro de uno.

Después de la cirugía, aun con la bolsa de sangre y los tubos colgándole del abdomen, mamá se levantaba como un rayo a las cinco de la mañana y se sentaba en la cama. Encendía una vela sobre la mesita de noche y juntaba las manos para rezar durante treinta minutos. Doblar el abdomen y las piernas no podía ser bueno para la recuperación de la herida, pero ella insistía en repetir ese hábito. Cuando terminaba la oración, desplegaba la mesita de la cama y copiaba a mano, día tras día, algunos pasajes de la Biblia. Pensé que esa transcripción obsesiva parecía la mortificación de un asceta. En lugar de llorar, hacer escándalo, tirarse de los pelos y gritar por una desgracia que le había caído sin buscarla, había elegido apretar con fuerza una lapicera Monami y copiar la Biblia en un cuaderno. Para una madre que hasta había rechazado la anestesia, esa era la única manera posible de seguir viviendo. Por eso pensaba que su escritura era parecida a la respiración.

Una letra al inhalar, una letra al exhalar.

Tal vez se pareciera al deseo febril que yo había padecido todo ese tiempo. ¿Deseo hacia un objeto? ¿O por la imagen de uno mismo atrapado por ese objeto? Sí, un deseo infinito dirigido hacia mí mismo.

El deseo de ser alguien que ama a Jesús y se entrega a la vida con más fervor que nadie. Quizás aquello que en su momento sentí por él, esa obsesión, esa energía de la que no podía escapar ni un solo instante, también estuviera cerca de lo religioso. Un tipo de amor que arroja el cuerpo entero a una oscuridad total. ¿Se puede repetir algo así por décadas? ¿Qué forma de vida sería esa?

¿El amor es realmente algo hermoso?

Una vez, sin darse cuenta de que se le había salido la sonda de orina, seguía sentada así y yo le grité furioso. Le pregunté por qué hacía eso, si creía que así iba a cambiar algo, qué ayuda suponía todo eso para su vida.

Mamá usó la palabra «milagro». Dijo que a una hermana que había copiado la Biblia durante mil días seguidos le había sido concedido el don de la curación y que ella también llegaría a experimentar un milagro así. Aclaró que no la conocía personalmente, sino que le había pasado a la cuñada del diácono Kwon. Un milagro ocurrido a la cuñada del diácono Kwon. Sonaba tan lejano y remoto como el fin del conflicto entre Palestina e Israel. Agregó que, en su caso, no era que deseara un milagro a toda costa, pero que al menos quería llevar una vida hermosa a los ojos del Señor. Frente a su obstinación, no me quedó otra que llamar a la enfermera para que volviera a colocar la sonda y cambiara las sábanas.

En esa época, en una vida reducida al dolor y a la enfermedad, parecía que nada tenía sentido fuera de rezar y transcribir la Biblia. Y seguramente debía ser así. No se miraba al espejo ni hablaba con nadie. Se quedaba sola, copiando en silencio los caracteres, uno tras otro. Yo lo interpretaba como una protesta contra mí, que no cortaba con ese vicio de la homosexualidad, o como un acto de resistencia frente a esa enfermedad que había caído sobre ella, que había vivido con tanto empeño. Como pasión por la vida, o como un mensaje de disconformidad hacia una entidad absoluta en la que se mezclaba todo. Al final, no pude decirle nada sobre él, ni sobre la foto. No pude decir nada.

El domingo no pude comunicarme con él. Tenía el teléfono apagado y tampoco respondió a mis mensajes. Caminé a la orilla del lago solo con mamá.

Me di vuelta una y otra vez, pero, como era de esperar, él no estaba. El paseo de ese día fue corto.

Tres días después, me llegó un mensaje suyo. Decía que a un colega cercano le había pasado algo malo y que por eso no había podido atender el teléfono. La disculpa parecía una formalidad.

«Un colega cercano», no lo identificó, no dijo nada más. Un asunto urgente. Sí, habrá sido así. Seguro hubo algo urgente. Habrá estado ocupado.

No me enfadé. Hablamos como antes, como si no hubiera pasado nada.

A mamá le dieron el alta definitiva al cabo de un año y medio. El equipo de salud atribuyó su recuperación al efecto de un tratamiento continuo, adecuado y basado en un sistema avanzado. Yo lo atribuí a la dedicación extrema en los cuidados. Para mamá fue la voluntad de Dios y un milagro.

Tres días antes de que le dieran el alta, él vino a nuestra casa por primera y última vez. Como se sentía incómodo estando juntos al aire libre, decidimos comer en casa. Era de día y yo estaba eufórico por su visita. Verlo comer una comida hecha por mí, en el espacio donde yo había crecido. De solo pensarlo me emocionaba. Llegó a la hora acordada. Dejó su mochila con cuidado en la entrada y, con la postura evidente de un invitado, pidió permiso antes de entrar. Miró el salón por encima y comentó que la casa estaba muy bien. Luego fue directo a mi cuarto y recorrió la biblioteca con una atención minuciosa, como si fuera un archivista de la Biblioteca Nacional. Se sentó en mi cama. Verlo sentado ahí me resultó extraño y, justamente por eso, me sentí intensamente feliz. Sentí que iba a saltar. Me acerqué para besarlo. Él, sobre las sábanas impregnadas de mi olor. Entonces giró apenas la cabeza y, señalando la funda del edredón, me reprochó algo. Era una funda Michiko London.

—Hay una Union Jack dibujada en la colcha.

—Ah, es verdad.

—Parece que le gustan los países occidentales.

—No mucho. Ni siquiera sabía qué era. Más bien, usted es el que tiene una verdadera obsesión con las banderas.

—Otra vez, otra vez habla de manera tan agresiva.

—Solo lo dije, nada más.

La atmósfera se tensó. Me levanté rápido de la cama y le dije que iba a cocinarle. El menú fue algo que nunca habíamos comido juntos: pasta. Fui a la cocina, herví los fideos, piqué ajo, eché aceite de oliva en la sartén y salteé *pepperoncino* y almejas. Mientras me secaba el sudor de la frente una y otra vez, me embriagaba con la imagen de mí mismo esforzándome al máximo por él. Me alegraba pensar que una comida hecha con mis manos pasaría a formar parte de él. Pensando que de momento con esa satisfacción alcanzaba, serví la pasta en un plato grande y la dejé sobre la mesa. Ni siquiera probó un bocado. Solo removía los fideos con los palillos. Al poco rato los dejó y se quedó mirando, a través del vidrio de la mesa, una foto mía de cuando era bebé.

—Viendo la foto... Se nota de verdad cuánto lo ama su madre.

—¿Le parece?

—Sí. El rostro del que recibe amor es distinto, ¿no? Y las fotos que toma alguien que ama también son distintas. A lo que voy es a esto.

—Sí.

—Ya es hora de que conozca a un buen hombre.

—¿Qué dice...?

—¿O debería decir que conozca a una buena mujer?

Lo dijo con un tono liviano, como si estuviera diciendo: «Mejor vamos a comer *sashimi* en vez de pasta». No respondí nada y me lo quedé mirando. No había otra que mirarlo mientras decía algo así con total naturalidad. ¿Quién era este hombre al que había amado, al punto de entregarle todo lo que era? De pronto, todo dejó de tener sentido para mí y por eso no dije nada, solo lo miré. En ese momento, ¿mi cara se habrá parecido a la de mamá viendo a papá jugar al bádminton con su amante? ¿Por qué de repente? No, ¿realmente era de repente? ¿Se habrá dado cuenta de que miré su computadora, que husmeé en su vida cotidiana, que intenté indagar secretos, que quise revolver y desarmar todo de él, su vida entera? ¿No se podía dar marcha atrás? Él suspiró y me preguntó:

—¿Qué cree que somos?

—¿A qué se refiere?

Lo agarré cuando intentó levantarse sin responder. No podía dejarlo ir así. Yo no era mamá. Lo sujeté con fuerza mientras él trataba de zafarse una y otra vez. Me miró, como siempre, con esa expresión de lástima, y dijo:

—No habrá pensado que era amor, ¿no?

Sin darme cuenta, le di una bofetada. Cuando recobré la noción de lo que estaba pasando, lo tenía acostado sobre la mesa, estrangulándolo. Él, que era unos diez centímetros más alto que yo, me sujetaba con fuerza las manos, con la cara enrojecida. En sus ojos inyectados en sangre se acumulaban lágrimas. Las que caían de los míos resbalaban por su mejilla. Aflojé la presión. Cuando comprendí lo que había hecho, ya era demasiado tarde. Tosió un par de veces, se incorporó de la mesa como si nada hubiera ocurrido y, con su manera lenta de siempre, se puso el abrigo. Luego, dejándome atrás, se colgó al hombro la mochila vieja y salió por la puerta de entrada. No pude detenerlo. En cambio, en cuanto cruzó el umbral, corrí al balcón. Abrí la ventana y le miré la espalda, una y otra vez, porque sentía que esa imagen iba a ser de verdad la última. La dejé grabándose en mis ojos hasta que desapareció, hasta que se convirtió en un solo punto.

Unos días después fui a su casa, pero por más que apreté el portero no hubo respuesta. La puerta de entrada, que chirriaba como un llanto, seguía cerrada.

Dejé una carta en su buzón. «Carta» es una forma amable de decirlo. No era más que mi diario, el que había ido escribiendo todo el tiempo que estuve con él, arrancado en pedazos. En más de treinta páginas estaban volcadas las emociones desbordadas que me inundaban cada vez que lo veía. Ni yo sabía qué había escrito. Del mismo modo que no sabía qué relación habíamos tenido, ni qué habíamos sido el uno para el otro. En la última página del diario le pedía que volviera a pensar en nuestra relación, que esperaría su contacto. Como si arrojara basura a un cubo, le lancé mi corazón.

Quince días después me llegó un mensaje suyo.

¿Por qué no intenta ser escritor?

No hubo respuesta alguna a mi pedido de que lo reconsiderara.

Hasta el final, realmente hasta el final, este hombre solo dijo lo que quiso decir y trató de enseñarme algo. Dudé un rato sobre qué responder y cómo, y al final bajé el teléfono. Decidí que, por primera y última vez, iba a tomar una decisión por mí. Cerré los ojos y borré su número. Aunque se me aparecía con una claridad brutal, como si me lo hubieran grabado a fuego en los párpados, pensé que algún día hasta eso terminaría borrándose de mi memoria.

Al final, ni siquiera fuimos capaces de comer juntos un solo plato de pasta caliente.

Bebí pesticida. Mientras lo vertía en un *iced americano*, pensé que hasta ese café sería un producto del imperialismo estadounidense para él (empezando por el hecho de llamarse *americano*) y el resultado de la explotación laboral del Tercer Mundo. La idea se me hizo tan absurda que me reí un buen rato y después cerré los ojos. No lloré.

Cuando volví a abrirlos estaba en la unidad de terapia intensiva. Por una ironía del destino, en el Hospital Asan donde había estado internada mamá. Después del lavado gástrico me estaban haciendo diálisis y la vi parada a los pies de la cama. No era el rostro que yo esperaba. La mamá que yo conocía, en una situación así, habría gritado, me habría pegado, se habría puesto a llorar desconsoladamente o habría empezado un lamento con forma de oración que arrancara con «Señor...» o habría estallado como en una novela matutina. Pero ese día solo me miraba en silencio. Y dijo:

—No te esfuerces tanto. Al final todos nos vamos a morir de todas formas.

Quise preguntarle si una madre debía decir eso. Quise preguntarle si no correspondía preguntar antes por qué había llegado a esto, si no quería preguntarme algo hacía tiempo, si no había cosas que debía preguntarme. Quise preguntarle y reclamarle en ese mismo instante, pero tenía un tubo de respiración artificial introducido en la garganta y no pude decir ni una palabra.

Durante un tiempo detesté que la gente hablara de amor. En especial, los que hablaban de homosexualidad me provocaban un impulso irracional de querer golpearlos fuera quien fuere, dijera lo que dijere. Todo es el mismo amor, es un amor hermoso, no es más que un ser humano amando a otro ser humano…

¿El amor es realmente algo hermoso?

Para mí, el amor no era más que un estado momentáneo: algo que se inflama hasta perder todo control, que se aferra de manera irrefrenable y que, justo cuando por fin se desprende del objeto, termina por corromperse y volverse horrible. Esa verdad incómoda la aprendí yendo y viniendo de terapia intensiva a la habitación del hospital.

CAPÍTULO TRES

Habían pasado cinco años desde que me separé de él. A los treinta y uno, había envejecido lo suficiente y parecía un treintañero. Ya era escritor y no recordaba su número de teléfono. Mejor dicho, vivía tan abrumado por tantas cosas cotidianas que no recordaba muchas otras.

Otra vez era domingo. Mientras recordaba su nota, estaba pelando una manzana ecológica. Frente a mí, una mujer de mediana edad que pesaba cuarenta y cinco kilos copiaba a mano la primera carta a los corintios, capítulo 3, versículo 2. Cuando le acerqué un gajo de manzana a mamá, giró la cabeza diciendo que no quería.

—¿No te dije que no me gustan las manzanas? Me hacen arder el estómago.

—El estómago está para que arda. Cómala rápido, así se le mejora el hígado.

—Cuando una envejece, el hígado tampoco se mejora tan fácil.

—Claro. Usted es médica, pastora, de todo.

Tanto mamá como yo, como los médicos, todos sabíamos que no le quedaba mucho tiempo. En vez de comer la manzana, dijo que quería ver el lago. Quise llevar la silla de ruedas, pero se enfadó y desistí.

No habían pasado ni diez minutos desde que empezamos a caminar que ya estaba exhausta. El ímpetu que había mostrado hacía un rato había desaparecido y pedía a gritos sentarse en cualquier lado. Como siempre, nos sentamos en el banco frente al lago. Respiró hondo y apoyó la mano sobre mi muslo. «Nuestro hijo ya creció», dijo. Miré su mano, con las venas visibles de tantas inyecciones. La piel parecía un cartón seco. Pensé que todo en mamá se estaba desmoronando como hojas secas. Sacó un papelito del bolsillo.

Así como te miras a ti mismo, el Señor te mira a ti.

Mamá tenía un don para que nadie sintiera lástima por ella.

Mientras rodeábamos el lago, no dejé de mirar alrededor. Cada vez que ella se detenía para recuperar el aliento, me daba vuelta sin querer. Examinaba uno a uno los rostros de la gente que pasaba. Me daba risa y vergüenza estar así todo el paseo y al mismo tiempo pensaba qué diablos haría si de verdad apareciera. ¿Presentárselo como si nada? ¿Saludarlo con alegría? ¿O hacer como si no lo conociera y seguir de largo? Todas eran preocupaciones sin sentido. Si en el sendero hubiera habido un hombre de casi un metro noventa, no habría forma de que se me pasara por alto.

Después de convertirme en escritor cambié el número de teléfono. No fue una decisión trascendental ni nada, solo quería que mi vida fuera distinta de la de antes, aunque fuera solo un poco. Con unos escasos clics me dieron un número desconocido. Decir que no pensé en él sería mentira.

Hacía tiempo que su número de teléfono, que empezaba con 010-81, se había vuelto borroso en mi memoria, pero yo seguía atrapado en una sensación de constante derrota. Incluso el olvido era otra forma de situación antinatural. ¿Qué estuve deseando todo ese tiempo? ¿Qué estuve esperando? ¿Con qué había soñado?

Me senté en un banco entre unas esculturas extrañas. Era el mismo lugar donde, cinco años atrás, había quedado en encontrarme con él: el parque de esculturas. Cuanto más trataba de evitarlo, más sentía que algo me pisaba los talones. Giraba la cabeza y tenía la impresión de que en cualquier momento él iba a estar ahí, de pie. Ni yo podía entender por qué estaba así. Era absurdo. Entonces recordé que en la bolsa que llevaba al hombro había un sobre grueso, y ese sobre se sentía no como un montón de papeles, sino como algo pesado, como un ladrillo o una mancuerna.

Después de él conocí a muchísimos hombres. Amores como una llovizna que humedece el asfalto, amores ardientes, amores apresurados que se apagaban en una sola noche… Aun exponiéndome a tantos sentimientos distintos, no hubo, lo juro, ningún otro objeto de deseo en el que me pudiera hundir con esa profundidad. Aunque conociera a personas mejores, objetivamente muy superiores a él, siempre acabé tramando relaciones que no pasaban de rozar la superficie. Solo mucho después, tras dejar pasar muchísimo tiempo, comprendí que él se había llevado mis fragmentos más ardientes, y que por su culpa, o gracias a él, una parte de mí había cambiado por completo.

De pronto, mamá se levantó del banco y empezó a subir lentamente la colina. La seguí. Al llegar a la cima de la colina baja, se dejó caer sobre el césped. Una tarde otoñal en el Parque Olímpico. Me pareció que incluso hasta mi nariz llegaba el aroma agradable de la hojarasca. Yo también me quité la mochila y me acosté apoyando la cabeza en sus muslos huesudos. Me sentí como un niño de diez años otra vez.

—Mamá, ¿por qué se sienta así en el suelo? Usted misma decía que si uno se sienta en la hierba contrae la fiebre hemorrágica.

—¿Cuándo dije eso?

—Cuando yo tenía once años. El día de la segunda graduación suya de la universidad a distancia. Aquí mismo, con el birrete puesto, dijo eso. Que si la piel desnuda tocaba el césped, uno se contagiaba de una enfermedad en la que la sangre salía a chorros por todos los orificios del cuerpo. Que era porque las heces de rata están llenas de gérmenes.

—Míralo a este. Otra vez con eso. ¿Cuándo dije yo algo tan exagerado?

—Es verdad. No se acuerda. Yo me acuerdo de todo. Por eso, desde entonces y hasta que crecí, le tuve muchísimo miedo al césped. Siempre caminaba solo por las baldosas, tratando de no tocar la hierba.

—¿De verdad? Qué cosas. Lo que le habré dicho a una criatura...

El sol empezó a ponerse. Nos quedamos sentados en el césped, sin decir una palabra, mirando un rato largo. Sin apartar la vista del sol que caía, mamá dijo:

—Qué hermosas son las cosas que se apagan.

—¿Le parece?

—Hijo, ¿sabías que yo siempre pensé que era bastante audaz?

—¿Y eso a qué viene ahora?

—Desde siempre fui un poco varonil, ¿no? Creía que tenía agallas, que no conocía el arrepentimiento. Pero después de tenerte me di cuenta de que no era así. Cuando eras un bebé y te tenía en brazos, sentía una plenitud enorme, como si la billetera estuviera a rebosar, y era feliz.

Y entonces me daba miedo. Miedo de que te lastimaras, de que te rompieras, de que desaparecieras.

—Qué dice…

—¿Habrá sido cuando ibas al colegio? Hubo una vez que pensé que te había perdido. Las clases habían terminado hacía rato y no volvías a casa. Llamé y me dijeron que no te habías subido al autobús escolar. Que habías dicho que ibas a la casa de un amigo. Fue un caos. Salí con los zapatos puestos a toda prisa y empecé a buscarte como una loca. A lo lejos vi tu espalda. Te seguí en silencio. Caminabas un par de pasos y te detenías una y otra vez. Me pregunté qué estarías haciendo y vi que te parabas frente a todas las tiendas de la calle, mirabas una por una con atención, observabas y a veces incluso tocabas todo. Con el rostro lleno de curiosidad. Al ver esa escena desde atrás, no me dio rabia, me dio miedo de golpe. Pensé que ya no eras el niño que yo conocía. Que miraras lo que querías mirar, que caminaras por el camino que querías a tu propio ritmo, que fueras un niño con tu propio mundo. Todo eso me dio tanta tristeza y miedo.

—Desde entonces debo haber sido disperso.

—Por eso creo que te molesté mucho. Porque tenía poco coraje. Tal vez quería encerrarte dentro de mí, en un espacio tan estrecho como un platillo para salsa de soja.

Mamá se tocó la parte del hígado que estaba cortada y sonrió con una mueca. Era una sonrisa que no veía desde hacía muchísimo tiempo.

Después de que el cáncer reapareciera, soñé muchas veces que mi madre se moría. En el sueño, su coche ya no era el Matiz rojo, sino un Volvo estadounidense. El más seguro del mundo. Pero no solo el coche era distinto de la realidad. Mi madre no tenía su aspecto actual, agonizante, sino que tenía la apariencia vital y apasionada de sus cuarenta. Al volante del Volvo estadounidense, corría hacia el borde de un precipicio. Al final, caía por el despeñadero y se hacía añicos. De entre los vidrios rotos asomaba su muñeca. Del motor empezaban a brotar llamas y bestias feroces rodeaban el coche ardiendo, como si fueran a asar carne para comerla. Dentro del coche salía humo negro y, sobre su cuerpo, algo comenzaba a crecer de inmediato. Coliflores parecidas al moho verde. Se propagaban en un instante, cubrían su cuerpo y, al final, todo quedaba oculto. Desde lo alto del precipicio, mientras observaba todo eso, ¿qué pensaba yo? ¿Lloraba? ¿Reía? ¿O no sentía absolutamente nada?

Me despertaba empapado en sudor frío, invariablemente a las cinco de la mañana. Me sentaba en el escritorio de ella, demasiado estrecho para mi tamaño, y, encorvado, empezaba a escribir. Como si colgaran hilos de las yemas de mis dedos, como si no tuviera cerebro, me salían las frases descontroladas. Entonces, cuando desde algún lugar se colaba de golpe un olor a quemado, esas frases mías, que se extendían sin fin como el Matiz rojo, se detenían por un momento.

Cuando pienso qué significado puede tener mi escritura para ella, siempre me invade la desolación, como si mirara al fondo de un precipicio. Ya tengo treinta y un años, hace más de diez que soy adulto, y crecí lo suficiente para saber bien que su presencia no retrasa mi vida, sino que simplemente es una persona que, más que nadie, vive la suya con honestidad y constancia. Existe solo como ella misma, sin intención de oprimirme, y yo, del mismo modo, solo me esfuerzo por ser yo. En ese sentido, no somos más que dos seres humanos iguales. Lo único que ocurrió fue que tuvimos mala suerte. Es decir: que esto nos haya pasado no es culpa nuestra; es un fenómeno del universo tan natural como el cáncer o el moho, como la rotación de la Tierra o las manchas solares. Aun sabiendo todo eso, no dejaba de sentir que ella era la causa de todos mis problemas. Me repugnaba pensar así frente a alguien que se estaba muriendo, reducido casi a piel y huesos, pero no podía evitar esos pensamientos.

Mi yo de once años que temía morir desangrado, mi yo de veinte que ganaba dinero escribiendo sobre su madre y mi yo de treinta y un años que escribe dominado por el rencor, para contarles a desconocidos historias sobre personas que fueron amables conmigo: todas esas versiones mías estaban sentadas hoy, en este preciso instante, detrás de mi madre.

Su espalda, recortada contra el atardecer, no parecía muy distinta de aquella imagen firme y hermosa de otros tiempos. Al verla, de pronto pensé que quizá sí había leído todas las novelas, todos los textos que yo había publicado hasta ahora. Aun así, nada habría cambiado. Habló con una voz cargada de emoción:

—Cuando te tenía en brazos, sentía que lo tenía todo. Una enfermedad transforma a una persona por completo.

Ella, que había sido más fuerte que nadie y que siempre caminaba mirando al frente y nada más, ella, que no sabía decir palabras empalagosas, ahora decía cosas así mientras miraba el atardecer. Y eso hacía que también yo quisiera decir algo, confesar algo, soltar lo que llevaba dentro.

—Mamá, hay algo…

Sin darme cuenta abrí la boca, pero no fui capaz de decir lo que seguía. Tenía demasiadas cosas para decir, quería decir cualquier cosa, pero no sabía qué, ni por dónde empezar, ni cómo hacerlo. «Es decir, mamá, hay algo...».

Ojalá me hubieras pedido perdón aunque fuera una sola vez. Por haber pisoteado mis sentimientos en aquel momento. Por haberme parido de esta manera, por haberme criado de esta forma y por haber decidido apartarme y dejarme en un lugar del que ya no se puede volver, en un mundo de ignorancia. Ojalá me pidieras perdón. Sé que ese no era su verdadero sentir, sé que no fue culpa de nadie, lo sé, pero aun así yo, a mamá, a usted:

—Creo que no podría entenderlo jamás.

—¿Qué?

—De verdad lo siento, pero creo que nunca voy a poder perdonarla.

—¿Y este qué dice ahora, tan de repente?

Sentí que iba a llorar y giré la cabeza de inmediato. Luego me levanté.

—Voy al baño.

Me puse de pie, me colgué el bolso y corrí hasta el baño. Cuando me di cuenta, estaba, como de costumbre, en el cubículo para discapacitados. Me arrodillé frente al inodoro y me quité el bolso. Saqué un fajo de papeles y lo apreté en la mano. Sobre las hojas se superponían mi letra torcida y la letra roja de él. Partí el fajo en dos. Rompí una por una las hojas y las arrojé al inodoro. La tinta, al tocar el agua, se expandió en rojo. Tiré la cadena. Los papeles trazaron remolinos y fueron absorbidos por el agujero negro.

Mientras lo sostenía en brazos, sentía que tenía el mundo entero en mis manos. Como si estuviera abrazando el universo.

Sentí que iba a llorar, pero no lo hice. Ya había tenido tiempo suficiente para llorar. Repetí la descarga del agua hasta que el papel desapareció por completo; después, respiré hondo y volví a colgarme la mochila vacía. Salí del baño.

Mamá estaba directamente recostada sobre el césped, mirando el cielo. Al contemplarlo, tenía la expresión más serena y pacífica del mundo. Tal vez esa persona que miraba el atardecer frente a mí, esa mujer de cincuenta y nueve años y cuarenta y cinco kilos, albergara un corazón con pensamientos no tan distintos a los míos.

Que por culpa de alguien como yo la vida no se ordene de manera prolija, como uno espera, como las cifras alineadas en un gráfico, sino que puede desviarse justo en la dirección que uno menos desea. Que aquel ser del que creía conocerlo todo, como la unión por nuestra sangre que era absoluta, en realidad puede ser una existencia inmensa y desconocida. Y que, por eso mismo, llega un momento en la vida en que no queda más que renunciar. Así que lo único que puedo hacer ahora es detener todos los pensamientos y limitarme a observarla, a ella, que sonríe atribuyéndole algún significado trivial al sol que se pone y vuelve a salir. Esperar su muerte. Desear que muera sin saber nada.

Amor en la gran ciudad

Decidimos viajar a Japón juntos, con Kyuho. Era para celebrar los doscientos días desde que empezamos a salir. En nuestras horas laborales, fingíamos trabajar mientras montábamos en Excel el itinerario de tres noches y cuatro días. En realidad, cada vez que yo proponía algo, Kyuho aceptaba mecánicamente.

—Podemos ir a Asakusa; a Odaiba, a sacarnos una foto con Doraemon, y también a las termas de Hakone.

—Sí, sí.

El día del viaje preparamos el equipaje tranquilos y casi no llegamos al aeropuerto. Había tanta gente que pensé que, a ese paso, íbamos a perder el avión, pero por suerte la fila avanzó rápido. De pie frente al mostrador entregamos dos pasaportes, nos devolvieron uno. Era el mío.

—Señor, este pasaporte está vencido.

Había traído por error el pasaporte que me había hecho antes de ir al servicio militar. Kyuho, a mi lado, no paraba de armar escándalo repitiendo: «¿Y ahora qué, y ahora qué?». Faltaban apenas cincuenta minutos para el embarque, así que sin dudarlo saqué del bolsillo el sobre con el dinero cambiado.

—Este es el dinero que tengo yo.

—¿Eh?

—El alojamiento ya está todo reservado y a esta altura no se puede cancelar. Al menos tú ve y disfruta.

—¿Solo? ¿Yo solo qué voy a hacer?

Cada vez que se ponía nervioso, le salía el dialecto, y volvía a preguntar lo mismo. Le metí el sobre en el bolsillo y le mandé el itinerario al móvil.

—Hacer turismo tal cual está aquí y salir con hombres por la noche. Dicen que los japoneses la tienen más grande. Engáñame todo lo que puedas y vuelve. ¿Entendido?

—Ah, pero mira lo que dices.

Lo empujé a la fuerza hasta la puerta de embarque mientras se reía bajito. Se daba vuelta una y otra vez, le hice señas para que por fin se fuera.

Yo me subí solo al tren del aeropuerto. Afuera, por la ventana, las marismas grises se extendían sin fin. Era como mirar una película que se repite sin parar. Como tenía los oídos aburridos, después de mucho tiempo puse *Aphrodite* de Kylie Minogue. En días así siempre se me viene a la cabeza su voz. Sentía que se me secaban los labios, busqué en el bolsillo pero no tenía bálsamo de labios. Cuando pasaba esto, Kyuho me lo alcanzaba en silencio. Y no solo eso: salía del trabajo antes que yo, limpiaba el piso, hacía un caldo bien cargado, decía tonterías que me dejaban descolocado… ¿Qué iba a hacer cuatro días sin él, muriéndome de aburrimiento? Pensé que hacía bastante tiempo que no teníamos relaciones. Era la primera vez que tenía una relación tan desligada del sexo. Y después de decirle que se fuera a Japón a engañarme todo lo que quisiera, ¿qué era esta sensación ahora? Si de cosas ridículas se trataba, nadie me podía ganar.

Nos conocimos en un club de Itaewon que quebró y no existe más.

Decían que por Chuseok, iban a hacer un evento con canilla libre de tequila (rebajado con agua). Para mí, que era un hijo oficialmente desnaturalizado y tanto entonces como ahora tendía a cortar relaciones con sus padres, no había un lugar adonde ir en esa fiesta. Y para alguien como yo, que tanto entonces como ahora era pobre, resultaba imposible dejar pasar un evento así. Por eso no me quedó otra que avisarlo en el chat grupal.

Chicos, hoy en el G Club hay evento de tequila ilimitado. Salgan todos.

Entre mis amigos veinteañeros no había ni uno solo que despreciara lo gratuito, y gracias a eso, esa noche nuestras «T-ara» caminaron altivas por la madrugada de Itaewon. «T-ara» era el apodo que yo, especialista en poner motes originales, le había encajado a nuestro chat grupal porque éramos seis miembros. Yo, que era el segundo más bajo de estatura y cantaba con mucha nasalidad, terminé siendo naturalmente Soyeon, pero no era eso lo importante, sino que habíamos llegado al club. Nada más.

Desde el techo salían disparados unos láseres verde intenso que parecían capaces de dejarte ciego en cualquier momento, y en la barra principal había tanta gente que era directamente imposible conseguir un trago. Como la música sonaba a un volumen impresionante, nos acomodamos en un minibar al costado de la cabina del DJ, donde no había nadie. Todos los miembros de T-ara teníamos una chica en nuestro interior, pero por afuera parecíamos tipos corpulentos de más de un metro ochenta, así que al principio contuvimos al máximo nuestro despliegue de encanto, con los hombros bien abiertos, y solo movíamos los ojos de un lado a otro mientras nos bajábamos los *shots*. Los vasos de tequila se fueron amontonando: chicos, bajen un cambio. A este ritmo estamos fritos. Boram, ¿por qué te tambaleas? Más despacio. ¿Y Eunjung, dónde se ha metido? Ah, no sé, la verdad. Bueno, emborrachémonos primero. Soyeon, en sus veinte, con un hígado bastante sano, sobreestimó su propia resistencia, y como si la garganta fuera una alcantarilla, bebió sin parar, hasta que rebalsó. Y así, la profecía de que íbamos a terminar arruinados se hizo realidad muy pronto.

Lo que tengo delante de los ojos es a un *bartender* sirviendo alcohol sin parar. Un chico guapo, con media cabeza rapada. Detrás de él cuelga un cartel de neón. ¿Qué dice?

Don't be a Drag. Just be a Queen.

Por los altavoces suena una y otra vez *On the Floor* de Pitbull y J.Lo.

—¿DJ, vas pedo o qué? ¿Vine hasta aquí para escuchar *On the Floor*?

Jiyeon, el de mejor físico y peor carácter de todos nosotros, se sube a la cabina del DJ y, con su voz chillona tan característica, le grita que ponga T-ara ya mismo. Pero el DJ hace como que no oye nada; con un auricular apoyado en una oreja, se hace el interesante. Va y pone otra vez uno de esos temas pop mezclados de club que ya debe haber pasado diez mil veces. «Vamos, ¿esto es Estados Unidos o Corea? Contesta. Contesta, te digo». Jiyeon estaba a punto de abalanzarse sobre el DJ y meterle una trompada. Boram y yo tratamos de sujetarlo de los brazos, pero con su metro ochenta y tres, sus ochenta y cuatro kilos y completamente borracho, no había manera de frenarlo. De pronto algo brilló y me rozó la cara, y cuando reaccioné escuché los gritos de los chicos cayendo detrás de mí. Ya era tarde. El codo de Jiyeon me había partido el labio.

Todavía aturdido por el golpe, apareció un rostro frente a mí. El pelo tan corto, casi rapado, ojos largos sin doble párpado. Ah, ¿el *bartender* de hace un rato? En sus ojos había más negro que blanco, y por alguna razón parecía un extraterrestre. Daba la sensación de que yo me reflejaba en ellos. Mi expresión, patética, perdida, incluso sola. Sus patillas onduladas se unían con la barba y un bigote del mismo vello me tocaba la cara de tan cerca que estaba. La distancia entre nosotros era mínima. Entonces, de repente, algo frío me rozó la mejilla. Lo que apoyaste en mis labios fue una botella de agua Fiji de quinientos mililitros.

—¿Está bien?

Una voz grave, baja, con una leve aspereza. Labios que cubrían unos dientes apenas salidos, labios que parecían secos. Dejar esos labios tan amables en paz parecía casi un crimen, y sin darme cuenta terminé besándote. Sentí cómo tu lengua, tan cálida como tu mirada, se superponía con la mía, gruesa y llena de carne. Ojalá ahí hubiera empezado el amor, pero en realidad ni había comenzado algo parecido. Yo estaba fuera de mí. ¿Por ti? No. Por el alcohol que había tomado de más, por la música, por las luces que parpadeaban sin descanso, por ese aire sofocante que hacía sentir que uno podía morirse en cualquier momento y, más que nada, por mi propia infelicidad.

Y sentí gusto a sangre. Seguramente debía ser el sabor de mi propia sangre, que brotaba del labio roto. Al volver en mí, te empujé y te susurré al oído:

—Por favor, olvídelo.

Y entonces me levanté tambaleándome. Sí, ahora que lo confieso, en ese momento ni siquiera estaba tan borracho. Era una maniobra torpe. Hacerme el borracho para disimular la incomodidad. Todo era actuación. Boram y Qri me agarraron de los hombros y me sacudieron. Y justo entonces, como si fuera una mentira perfecta, empezó a sonar *All the Lovers* de Kylie Minogue. «Chicos, aquí ya no se puede estar. Vayámonos». Exageré la borrachera, dejé caer el cuerpo adrede y salí del club sostenido por Eunjung. Cuando volvimos a la superficie, ya recompuesto, giré la cabeza y miré al interior del club. Hacia ese lugar de donde seguía resonando, una y otra vez, la voz de Kylie. En ese momento lo único que sentí fue preocupación.

Tú, Kyuho. El que probó el sabor de mi sangre.

Kylie.

Un día de verano de 2010 salí con permiso de cien días, y mientras apoyaba la cabeza contra la ventana del bus de larga distancia, en mi mente flotaban tres palabras clave: *iced americano*, Kylie Minogue y sexo. Apenas bajé, me saludó agitando la mano. Era K, mi novio funcionario público de ese entonces, con el que llevaba saliendo seis meses. Tenía en la mano un *iced americano* tamaño *venti* de Starbucks, con un *shot* extra, y yo, con los ojos desorbitados, me tomé esa poción de vida, deprisa. El sabor amargo que más me gusta en el mundo. Tomar café después de tres meses hizo que el corazón me latiera sin piedad.

—Dicen que salió el nuevo disco de Kylie Minogue. Quiero escucharlo ya.

—Está bien. Entremos a algún lado.

Así fue como terminamos en un motel («hotel» solo de nombre). Mientras yo me sacaba el uniforme militar a toda prisa y me duchaba, buscó en la computadora del motel el videoclip de *All the Lovers*. Yo salí del baño sin siquiera secarme bien y miré ese vídeo en el que cientos de personas se desnudan, se abrazan y forman una torre humana que se mece como una ola. Después de ver varias veces esos cuerpos apilados como una montaña, nos acostamos en la cama y tuvimos sexo con *Aphrodite* sonando de principio a fin. Hacía tiempo que no lo hacíamos, así que sentí algo de ardor, y cuando me preguntó si podía hacerlo sin preservativo, le dije que sí. Para cuando sonaba el cuarto tema, *Closer*, acabó dentro de mí. Yo entré primero al baño y me duché. Tal vez por haberme exigido de más, sangré. Después de pasar dos noches y tres días con él, regresé a la unidad. Quince días más tarde me brotó una fiebre con ampollas y, tras debatirme entre la vida y la muerte en la enfermería, me enviaron al hospital militar. Después del análisis de sangre, lo primero que me dijo el médico militar fue:

—¿Tú eres *bottom* o *top*?

—¿Perdón? ¿Qué quiere decir?

Resultó que ni bien me fui al ejército, ese funcionario hijo de puta andaba acostándose con hombres por todos lados. A partir de ahí, de golpe, en un vertiginoso abrir y cerrar de ojos, me devolvieron a la vida civil. Y para poder aceptar la realidad que me cayó encima, lo primero que hice fue lo que mejor me sale.

Poner apodos originales.

No es que lo haya llamado Kylie porque escuchar a Kylie Minogue me haya arruinado la vida, no. Simplemente porque el nombre es bonito. Total, voy a tener que convivir con esto hasta morirme, así que me pareció mejor ponerle el nombre que a mí me sonara mejor. Kylie.

Sí. Antes que Madonna o Ariana, que Britney o Beyoncé, Kylie. Obvio.

No me arrepentí de ese nombre ni una sola vez.

Después de haberme pasado la noche tomando unos 202.010 *shots* de tequila, fui a trabajar de todos modos, decidido a ganar algo de dinero, y estaba recostado sobre la vitrina del *foyer*, conteniendo las ganas de vomitar. «Yo soy Sandra Dee». Hoy también la voz desinflada de Sandy seguía igual, y claro, no podía ser de otra manera. Por una puesta en escena desastrosa y un elenco de mierda, aunque repartieran entradas de cortesía, la sala estaba completamente vacía. A ver, ¿quién va a venir a ver otra vez *Grease*, una obra que ya se reestrenó más de diez veces? (Bueno, tampoco es que yo esté en posición de decir nada, si soy capaz de salir corriendo encantado con tal de que sea un hombre nuevo, aunque comamos lo mismo, tomemos el mismo café y hagamos el mismo recorrido de siempre). En este lugar, que es como una tumba, lo único que puedo hacer es aguantar bostezos interminables y dormitar disimulando mientras escucho canciones tan estridentes que parece que me van a sangrar los oídos. Incluso en esta tumba soy menos que un puñado de arena: no soy actor, ni del equipo de producción, ni de prensa. Soy el que se sienta desorientado en la entrada del teatro vendiendo programas que nadie compra, una oda al salario mínimo. La recaudación de todo un mes apenas supera los cuatrocientos mil wones. Ni siquiera llega a la mitad de mi sueldo, así que probablemente me echen dentro de poco. Mientras todos descansan, ¿qué clase de tortura es esta, un domingo a la noche? Que haya salido corriendo dos veces en el entreacto de la primera parte para vomitar, queda en secreto. Por carácter, tendría ganas de tirar todos los programas a la mierda y quedarme durmiendo en casa, pero como este trabajo tan cómodo me lo consiguió Jaehee, un compañero de la universidad, moviendo contactos, no podía dejarlo por lealtad. Dijo que el productor era un «*oppa* conocido», pero tiene toda la pinta de que esos dos se acostaron. Y eso que ya casi es hora de que empiece la segunda parte, ¿entonces por qué ese tipo sigue ahí, tirado en el *lobby*? Con un esfuerzo titánico, levanté el culo, más pesado que la Tierra, y caminé hacia el sofá.

—Señor, ya terminó el intermedio…

El tipo levantó la cabeza y, eh, ¿por qué se me hace conocida esa cara? ¿El de ayer, el *bartender*?

—¿Eh? Usted es el del club de ayer, ¿no?

—Creo que sí.

—Guau, qué loco. ¿Vino a ver la función?

—No. Vine a verlo a usted.

¿Eh? ¿Qué le pasa a este tipo? Pensar «¿le gusto?» sería no tener ningún sentido de la realidad, y eso me sobra.

—Ah, bueno. Si no entra ahora, va a poder pasar apenas en quince minutos.

Respondió que había venido de verdad, exclusivamente para verme. ¿Habrá venido a denunciarme o algo así?

—¿Cómo supo que estaba aquí?

Dijo que había visto en el Instagram de Jiyeon una foto de la entrada para *Grease* que yo le había dado.

#Musical #Grease #Vipticket #Buenosasientos #Regaloparaelalma

Claro, con razón. Era uno de los treinta mil seguidores de Jiyeon. Ya me había pasado que desconocidos se me acercaran para hablarme. ¿Por qué les interesaba yo? No, por qué les interesaba el «amigo 3» de Jiyeon, el *influencer* gay, atractivo, de buen cuerpo, polla grande y popular. Tal vez este *bartender* también pensara usarme para llegar hasta Jiyeon. Ese tipo de cosas me las huelo enseguida. Ya que estamos, dentro de T-ara no soy más que un parásito que se aprovecha del «efecto ramo de flores» para juntar migajas. El fondo decorativo de mis amigos guapos, el biombo, la tía abuela de casa tradicional que cuida con esmero a los chicos cuando están hechos polvo de tan borrachos. No es un rol que me moleste, pero hoy estoy cansado y no tengo energía para seguirle el juego a nadie.

—¿Y ahora qué hacemos? Entre que termina el segundo acto y ordenamos todo, se nos van unas dos horas. Hoy me parece que no va a poder ser.

—No pasa nada. Entonces me quedo adelante, en el Starbucks, con el móvil. Haga lo suyo y venga tranquilo.

Antes de que pudiera responder, se fue caminando dando zancadas y salió del teatro. Yo volví a mi puesto, acomodé los programas de mil maneras, no se había vendido ni uno solo, saqué pañuelos húmedos y limpié una y otra vez la vitrina, que ya estaba impecable. Pero algo no cerraba. ¿Por qué estoy sonriendo? Qué ridículo.

Cuando terminó la función, los espectadores se fueron. Después de llevar al depósito hasta las figuras de cartón de la *photo zone*, apagué las luces del vestíbulo. Ya eran más de las diez. No me seguirá esperando de verdad, ¿no? Me dio risa estar tan pendiente, pero por las dudas fui hasta el Starbucks. Ahí estabas, sentado en el sofá; tenías unos anteojos de marco grueso, las piernas cruzadas, y jugabas con el móvil. ¿Dónde quedó esa impresión tan intensa que te vi bajo la luz oscura? ¿Por qué pareces tan bobo ahora? Eres igualito a Pororo. Apenas me viste, te sacaste los anteojos y te levantaste sobresaltado. Volviste a ser el rostro que conocía. Yo no pude parar de reírme y, aun sentado frente a ti, seguí riéndome un buen rato.

—Deje de reírse.

—Perdón. Pero, en serio, ¿por qué vino hasta aquí?

—Me pidió por favor que me olvidara de usted y eso hizo que no pudiera olvidarlo más.

—Ah… de verdad lo siento mucho. Al menos déjeme invitarle un café. ¿Qué toma?

—Café ya he tomado hace poco. Tome, quédese con esto.

Ay, Dios mío. Lo que me tendió fue mi funda blanca de Louis Vuitton. El regalo que ese funcionario hijo de puta me dejó además de Kylie. El regalo de cumpleaños más caro que recibí en mi vida, todavía tengo el recuerdo nítido de cuando lo tuve en las manos, la sensación de que todo el mundo brillara con luces de neón (un recuerdo hecho pedazos, sí, pero aun así el único artículo de lujo que tengo). ¿Cómo pude perderlo?

—Ni se dio cuenta de que la funda había salido volando. Bailaba con unas ganas tremendas. Yo la recogí.

—Por favor, olvide a la persona que fui ayer.

—¿Por qué? Bailaba muy bien. Sobre todo, *Number Nine*.

Ah, me quiero morir. Yo hablaba con una voz dos octavas más grave para parecer más masculino, ¿y para qué? Mientras me sonrojaba muerto de vergüenza, el empleado de Starbucks nos dio a entender, de la forma más directa posible, que el local ya había cerrado y salimos casi empujados a la calle. Caminamos en silencio por las callecitas de Daehangno y, de pronto, vi el cartel de un bar viejo. Sin pensarlo, por puro reflejo, solté:

—¿Tomamos algo?

Yo, que puedo tomar cualquier cosa, sabía que no era buena idea, pero si uno descarta todo lo que no debería hacer en la vida, no queda nada. Cuando me emborracho me vuelvo demasiado sincero y, sin necesidad alguna, termino hecho un perro. Esa noche no fue la excepción y empecé a contar cosas que nadie me había preguntado. De todo eso, lo peor fue desgranar mi historial amoroso con lujo de detalles y ponerme a dar lástima.

—¿Sabe? Yo también estuve enamorado de verdad. Una vez salí con un viejo militante que me llevaba doce años y me reprendió por usar ropa estadounidense. Y aun así, me gustaba. Así que le compraba regalos, le cocinaba, iba a su casa corriendo y lo esperaba como un perrito. ¿Y sabe cómo terminó? Sin más, me dio la patada. El muy hijo de puta desapareció del mapa. Pero no me arrepiento. Fue amor de verdad. En fin, después de que ese tipo me dejara marcado, juré que de ahí en más solo iba a elegir buenos hombres. Por eso el siguiente novio tenía una cara, un cuerpo y una polla bastante normales, pero era buena persona y salí con él por eso nada más. ¿Sabe por qué me dejó? Porque cantaba demasiado en la calle. Que no paraba de cantar. ¿Cómo que no puedo cantar con esta boca que tengo, en un país democrático...?

De todas las cosas espantosas que hice esa noche, la mayor fue decirle esto al tipo que me acompañó hasta la puerta de mi casa, a diez minutos caminando del bar:

—¿Quiere pasar un rato?

Al verlo dudar recuperé la lucidez. Despierta. *He is not into you.* No hagas esto con alguien que vino de buena fe. No decía nada, solo movía los ojos de un lado a otro. Le lancé una pregunta fingiendo total indiferencia:

—¿Dónde vive?

—En Incheon.

¿Desde Incheon vino hasta aquí? ¿Solo para devolverme la funda del móvil? ¿Por amabilidad nada más? Probemos un poco más:

—Ya no hay trenes, ¿no? Quédese hasta que salga el primero.

—Me puedo tomar un taxi.

—¿Tiene mucho dinero?

—No.

—Entonces, ¿tan poco le gusto para querer salir corriendo en taxi? (*¿Hasta dónde pienso arrastrarme?*).

—No es eso…

—¿Entonces qué? ¿Soy venenoso? ¿Me como a la gente? (*Por favor, para*).

—Es que tengo… digamos… principios.

—¿Qué principios?

—Que hasta la tercera cita no… eso.

Estallé de risa. ¿Tiene veinte años este chico? ¿O miró demasiado *Sex and the City*? ¿Quién es? ¿Charlotte? Al final era obvio que yo no le gustaba nada. Aun así, después de jurarme que no iba a humillarme más, le terminé agarrando la mano. Y encima solté otra frase patética y transparente:

—¿Quién dijo de hacer algo? Solo dije que se quedara sentado un rato y que se fuera cuando saliera el sol.

Asintió. Cuando abrí la puerta de casa quedó a la vista el caos absoluto y al verlo sentí que se me había pasado la borrachera, pero fue solo una ilusión. Seguía ebrio. Me quité el abrigo, me bajé el pantalón y entonces pensé: *¿Por qué estos vaqueros son tan pequeños? ¿Habré engordado?* Al final, con el pantalón hasta las rodillas, me dejé caer en la cama...

Cuando volví a abrir los ojos, ya estaba por amanecer. La madrugada del barrio universitario empezaba, como siempre, con el ruido de una obra levantando edificios de estudios. ¿Cuánta gente más iba a terminar viviendo en todas esas habitaciones? Fruncí fuerte el ceño al despertar. Qué ridículo, estaba tirado en la cama en calzoncillos, con las medias puestas. Y solo.

Me incorporé y lo vi acostado en el suelo, completamente vestido. Me levanté despacio y me senté a su lado. Viendo su perfil prolijo, por un instante se hizo silencio en el mundo, como si solo quedáramos nosotros dos. Quise tocarle la frente, la nariz, los labios, pero no me animé por miedo a despertarlo. En cambio, acerqué con cuidado el índice a su nariz y sentí su respiración suave. En el cuello, apoyado sobre un muñeco gordo de Pororo que estaba usando de almohada, se le marcaban unas cinco arrugas, y junto a su cabeza estaban puestos muy prolijos un reloj y la billetera. Tomé el reloj para mirarlo de cerca. En la placa tenía grabadas en bajorrelieve las palabras «Servicio Nacional de Inteligencia». ¿Qué era esto? Intrigado por su identidad, abrí con cuidado su billetera. Tres billetes de mil wones, una tarjeta «Ama al país» del Shinhan Bank, un comprobante de inscripción de la Academia de Enfermería Yoo Seol-hui, sucursal Juan, y una licencia de conducir clase 2. Nacido en 1989. Min Kyuho. Se movió y puse la billetera en su lugar de inmediato.

Cuando abrió los ojos, vio la hora y se puso el abrigo de un salto. Ni siquiera tomó el vaso de agua que le había servido. Se calzó los zapatos y dijo que llegaba tarde a la academia. Cuando la puerta se cerró, caí en la cuenta de que ni habíamos intercambiado teléfonos. Un aspirante a auxiliar de enfermería que llevaba un reloj del Servicio Nacional de Inteligencia y los fines de semana servía alcohol en un club. Kyuho.

¿Qué diablos eres?

Y el martes, una vez más, empezó mi semana.

Después de salir de mi primer trabajo, volví a la universidad. Como de costumbre, me levanté bastante tarde y me senté en la biblioteca del campus a pasar el tiempo por pura inercia, con el pretexto de buscar trabajo.

Sentado en un asiento junto al vidrio, dejé que el sol que caía del ventanal me diera de lleno mientras leía algunas novelas. También abrí el portátil para escribir lo que me saliera y garabateé cosas sin sentido en un cuaderno que estaba tan en blanco como mi cabeza.

Veintinueve años. Academia de Enfermería Yoo Seol-hui. Auxiliar de enfermería. *Bartender*. Min Kyuho. Fui encadenando palabras sin sentido y miré la luz del sol. Me entró un sopor agradable y cerré los ojos un rato. Cuando los abrí, ya eran las cinco de la tarde. Arrastrando mi cuerpo, más pesado que un trapo mojado, bajé hasta Daehangno y llegué al teatro. Encendí las luces del vestíbulo y llevé la figura de cartón del protagonista hasta delante de la taquilla. Abriría en treinta minutos, empezaría a llegar gente y yo me pondría a gritar hacia la nada: «¡Programas, programas!», sabiendo que no iba a vender ninguno.

Con la excusa de buscar trabajo (en realidad, porque ya no podía seguir viviendo con mi madre), alquilé un estudio frente a la universidad. Había que pagar la renta y ganar dinero para vivir, así que trabajaba de cualquier cosa todos los días. Después de haber pasado siquiera una vez por la vida laboral, se me evaporaron las ganas de lograr algo, de alcanzar algo. Siempre cambiaré de trabajo pero, al final, la rutina va a ser la misma. Cubierto de fastidio como si fuera sudor, la ira, la desesperación que acompaña a la esperanza y las tareas de todos los días que se repiten sin cesar. Con el amor pasaba lo mismo. Ya había llegado demasiado lejos para esperar algo nuevo. El trabajo, la escritura, las relaciones: no había nada que no me resultara tedioso.

Y aun así, ¿por qué, de manera tan extraña, no puedo dejar de querer escribir tu nombre? Kyuho. Apenas otro más, alguien que se parece demasiado a la vida cotidiana. Tu nombre.

El sábado por la noche, al término de la función, estaba volviendo a casa cuando me llamó Jaehee. Me dijo que su esposo se había ido de viaje a Kuwait por trabajo y que, después de mucho tiempo, estaba libre, si quería salir a tomar algo. No me entusiasmaba demasiado, pero, cuando dijo que invitaba ella, agarré solo la tarjeta de transporte y me fui hasta Hongdae. Se fue sumando gente a la mesa y no se conocían entre ellos. Todos ya trabajaban, y como suele pasar cuando se juntan adultos desconocidos, acabaron jugando a desafíos de bebida muy aburridos, compartiendo historias de vida que no me interesaban, hablando de sueldos y de romances heterosexuales. Una porquería. Que se agarraron de la mano, que se besaron, que se pusieron de novios, que al mes tuvieron sexo y bla, bla, bla. Y encima, ¿por qué solo pedían *cheongju*? Las bebidas blancas casi no me pegan.

—Entonces, cuando mandaron a mi hermano con la unidad Zaytun, los hijos de puta de los yanquis...

Un tipo que decía haberse graduado en la Universidad de Corea y trabajar en alguna constructora empezó a largar historias del servicio militar que nadie le había pedido. Mientras hablaba sin parar, yo me servía *cheongju* y lo bajaba solo, uno tras otro.

—Ey, tú. El que no deja de beber, ¿todavía eres estudiante?

—No, ya me gradué.

—Entonces fuiste al ejército. ¿De dónde eres?

Me quedé callado. Jaehee captó la situación y cambió de tema.

—*Oppa*, ¿no quieres dejar las historias del ejército? Ya tienes más de treinta, qué aburrido.

Si hubiera categorías de aburrimiento, esta reunión sería de nivel mundial. Mientras los demás hablaban, yo seguía bebiendo sin parar y despedazaba el pescado seco que habían traído de acompañamiento hasta reducirlo a polvo. Qué fastidio. Quiero escaparme. No encajo aquí. Esa sensación de extrañeza que ocupa mi vida casi todos los días, a cada momento. ¿Qué estarán haciendo ahora las T-ara? Por las dudas, entré al chat grupal a ver si alguien había salido, pero por algún motivo hoy estaba todo en silencio. Seguro estaban todas follando con algún tipo o tiradas durmiendo en sus casas. Dije que iba al baño, me levanté disimuladamente y le mandé un mensaje a Jaehee.

Perdón, Jaehee. Me voy primero. Es demasiado aburrido, no me puedo quedar sentado. El tipo ese habla un montón, ¿no? Jajaja. A los demás tampoco les cae bien. Sí, sí, ok. Pásale la cuenta al oppa de Corea que está hecho mierda de tanto beber. Ok, jajaja.

Sonreí de medio lado y me quedé parado en la avenida. Eran las 4:20 de la madrugada. Pero ¿sabes qué? Tenía ganas de ir a algún lado. A casa, no. El único lugar que se me venía a la cabeza era Itaewon. Como salido de una fantasía, un taxi naranja se detuvo frente a mí. Abrí la puerta sin pensar y me subí de un salto.

—Señor, a la estación de bomberos de Itaewon.

¿Las luces de la calle y los carteles de neón siempre habían sido tan deslumbrantes? ¿Por qué de repente Seúl está tan hermosa? Todo lo insignificante se siente especial, extraordinario. Aunque ya había terminado el horario nocturno, el taxi me costó más de diez mil wones. Creo que a la tarjeta de transporte no le quedan ni veinte mil. ¿Cómo vuelvo a casa después? Ay, qué importa. Algo se me ocurrirá. El tráfico empezó a trabarse desde Hannam-dong. Me bajé frente a Cheil Worldwide y corrí hasta el G Club. Estaba recuperando el aliento cuando él salió por la puerta del club, cargando una bolsa oficial de basura tan grande como su propio cuerpo. Me pareció que no me había visto. Caminaba resoplando hacia el estacionamiento. Lo seguí. En cuanto dejó la bolsa en el suelo, lo abracé desde atrás. Sin darme cuenta.

—¡Aia!

—Oiga, ¿tanto miedo?

—Ah, joder, qué susto.

—¿Se está haciendo el tierno?

—Me asusté y se me escapó el acento.

—¿Desde cuándo tienen ese acento en Incheon?

—No soy de Incheon.

—¿Entonces?

—Soy de Jeju. Hace un año nada más que vine al continente.

¿El continente? Me eché a reír a carcajadas, de una forma casi grosera. ¿Y qué tiene de raro? Frunció la cara, ofendido. Qué adorable.

—¿Vino de paseo? ¿Y sus amigos?

—No. Vine solo. A verlo a usted.

—Ah…

—No hace falta que ponga esa cara de asco. Hasta hace un rato estaba bebiendo en Hongdae, pero me quedé con ganas. El sol no para de querer salir y yo sigo con ganas de beber. Y se me ocurrió venir aquí. Aquí el alcohol lo sirven fuerte, ¿no?

Sonrió y me pasó un brazo por los hombros. Me sorprendió un poco ese contacto tan repentino, pero no dejé que se enterara. Sentí su respiración cerca de mi oreja izquierda. Así, abrazados de los hombros, nos acercamos a la entrada. Los guardias no dijeron nada y nos dejaron pasar al club. Me llevó directo al minibar. Sacó un vaso de doble *shot* y lo llenó hasta el borde con un alcohol de color distinto al de siempre. Me lo tomé de un trago y pensé: *¿Qué es esto? ¿Por qué huele a durazno? Esto no es alcohol, es zumo.* Sin decir nada, volvió a llenar el vaso con lo mismo. Qué raro, le pido alcohol y me da zumo. Me tomé otro. Y entonces, ¿por qué de golpe tengo ganas de bailar? La luz se refleja en su frente lisa mientras me mira sonriendo, y por alguna razón siento que él es mi Seúl. La hermosa ciudad de Seúl, el ruido ensordecedor de la música. Ojos negros, cabeza rapada. Después de bailar contigo, quiero rodearte la cintura con una mano y acariciarte el pelo corto con la otra, empapado de sudor. Quiero que estemos así de cerca, sintiendo el calor del cuerpo del otro. Pero ¿por qué se me cierran los ojos todo el tiempo? Hace demasiado calor aquí adentro, hay demasiado humo. Me arden los ojos. Ojalá pusieran la música aún más fuerte. Ojalá echaran aire húmedo. Para que no se me sigan cerrando los ojos...

Cuando los abrí, los fluorescentes blancos estaban encendidos y ya no quedaba ningún cliente. Solo algunos empleados limpiaban la basura del piso. ¿Este lugar siempre fue tan chico? Con todas las luces prendidas, el club ya no se parecía al de la noche. Se veía pobre, deslucido, patético. Aunque el más patético de todos era yo. Encorvado en un rincón del sofá. Y frente a mí, de pie, Kyuho.

—Señor, ya es hora de cerrar.

Mirándolo sonreír, le pedí perdón y me puse el abrigo que tenía en la mano. Subí la escalera casi corriendo y me mareé. Mierda, ¿cuánto he bebido? Apoyándome en la pared salí a la calle. Ya era de día hacía rato. Una empleada de Paris Baguette estaba barriendo la entrada y me dejé caer sentado en las escaleras del club. Se me veía el aliento por el frío. Al menos no me quedé dormido en la calle. Podría haberme muerto. La parada del bus para volver a casa quedaba lejísimos y no tenía fuerzas para caminar. Me humedecí los labios partidos con saliva y me saqué las lagañas cuando varias personas salieron del club y se dispersaron en distintas direcciones. Y otra vez, frente a mí, Kyuho. Le agarré el borde del abrigo cuando me preguntó qué hacía ahí, que por qué no me iba a casa.

—Perdone, pero no tengo para el taxi.

Así fue como terminamos yéndonos juntos en taxi. Kyuho le dijo al chófer un destino que no era Incheon. Ibamos a Daehangno. En la radio sonaba *Rocío matutino* de Yang Hee-eun. Kyuho me dijo:

—¿Sabe que hoy es la tercera vez que nos vemos?

—¿Estaba contando?

—No hace falta contar, ¿no?

—Yo sí estaba contando. Hasta que fueran exactamente tres veces.

Y, luego, silencio. Tragué saliva con un ruido seco y, sin darme cuenta, su rodilla y la mía ya estaban tocándose. Puse el abrigo sobre nuestros muslos. Debajo del abrigo, nos tomamos de la mano. Después, empezamos a acariciarnos los muslos. Mirando cada uno hacia el lado opuesto.

Pasamos por el Hotel Ambassador, por el arroyo Cheonggyecheon, por el salón de bodas Ewha, y más allá de los pequeños teatros de Daehangno, mi casa se iba acercando. A través de las yemas de los dedos nos llegaba una sensación densa, cálida.

Al volver a casa, respetamos la tercera regla. Aunque sin mucho éxito.

Kyuho preguntó en voz baja, muy casual, si podía sacárselo y hacerlo así. Yo negué con la cabeza. Con un gesto tímido, dijo:

—Perdón. Con preservativo no se me levanta.

—(*Dicen que esa es la excusa típica de los que tienen disfunción eréctil*). No pasa nada. ¿Lo hago yo?

—Eso... mejor no. No se me da muy bien.

Al abrir los ojos lo vi en la cocina. La arrocera eléctrica, que hacía más de seis meses que no se usaba, estaba encendida y habían salido a la luz condimentos y salsa de soja que ni yo sabía que tenía. En los fogones parecía haber algo hirviendo. Miré mi cuarto estrecho, lleno de vapor, y me dio una sensación casi de ensueño. Kyuho vio que me había despertado y dijo que, en lugar de pagar por el alojamiento, iba a cocinar. Yo desplegué la mesita baja que tenía al lado de la cama y la limpié con un pañuelo húmedo. Por más que pasara el trapo, el polvo seguía saliendo. Muy propio de mi casa. Mientras tanto, fue colocando sobre la mesa sopa de *odeng* recién hecha y unos acompañamientos que no había visto nunca. Le pregunté de dónde había sacado los platos y dijo que los había comprado en el súper de la esquina. Mirando mejor, vi que en el fregadero colgaba una bolsa para residuos orgánicos y que frente al baño había una alfombra que no reconocía. ¿De dónde sale la capacidad de adaptación de esta persona? Ni una semilla de diente de león echa raíces tan rápido. Yo comí en silencio la sopa tan sabrosa que había preparado. Entonces me preguntó:

—Parece que se mudó hace poco. Todavía ni colgó las cortinas.

—Hace dos años ya. Compré las cortinas, las sábanas y todo eso, pero dejé todo tirado por ahí sin usar. Me da pereza.

—¿Cómo puede ser que alguien... viva así?

—¿Puedo preguntarle algo también?

—Sí, claro.

—Si es de Jeju y trabaja en Itaewon, ¿por qué vive en Incheon?

Dijo que era por su hermano mayor con el que apenas se llevaban un año y que, después de cuatro intentos, había logrado entrar a la Facultad de Medicina en Incheon. Cuando el hermano estaba por terminar el ciclo preuniversitario, su madre lo descubrió viviendo como un mendigo en un estudio frente a la universidad y decidió mandarlo a Kyuho. Con la condición de que viviera con él, le cocinara, limpiara y se ocupara de asistirlo (¿cuidarlo?). Al escuchar ese relato de «llegada a la capital» con aire de crónica tardía de los años ochenta, me sorprendí bastante, pero para él no parecía gran cosa.

—Desde chico metí mucho la pata. Dejé la secundaria. También abandoné el grado superior al que había entrado por muy poco. Me sentía mal por mi mamá y, además, en la isla no hay mucho para hacer. Y como nací así, también quería probar a vivir en Seúl. Bueno, no es Seúl, pero qué sé yo. El caso es que me vine.

—¿Y no es horrible vivir con su hermano?

—Muy horrible. Horrible de verdad.

Tal vez porque los criaron complaciendo al hermano que estudiaba, ese hijo de puta tiene una personalidad realmente de mierda.

En una ocasión comió sin decir nada el *galbitang* que Kyuho había preparado y luego tiró los huesos que quedaron al inodoro. Lo tapó y hasta el día de hoy seguía atascado. Contó también que, cuando estaba en la casa, se pasaba el tiempo con los auriculares puestos, jugando y puteando, y que esa era toda su rutina. En los seis meses que llevaban viviendo juntos no debieron de haber intercambiado ni diez frases. En sus palabras había un odio que no le había visto antes. Yo, recurriendo una vez más a mi hipocresía nivel dieciocho, fingí no notar nada y desvié la conversación:

—Y entre semana, ¿qué suele hacer?

Respondió que iba a una academia de enfermería del barrio.

—Al principio empecé porque tenía subsidio estatal y también te dan algo para gastos, pero ya casi termino las prácticas. ¿Oyó esta? «Vengan todos, Yoo Seol-hui, Yoo Seol-hui Academia de Enfermería…».

Empezó a tararear algo que parecía la canción publicitaria de la institución. Yo me reí y le dije que no la conocía. Puso cara de decepción y dijo que en Incheon la conoce todo el mundo. Después agregó en un tono sin emoción:

—Mis padres dicen que cuando mi hermano abra su hospital, debería meterme ahí a ayudarle con el trabajo. Supongo que quieren que viva como un biombo toda la vida.

¿Qué es este tipo? ¿Agua de arroyo? ¿Por qué es tan transparente? ¿Y cómo sabe que soy débil ante las historias familiares complicadas, para venir así de golpe y mostrármelo todo? Tanto tiempo viviendo en este ambiente, nunca había conocido a alguien que se expusiera sin ningún envoltorio, tan cerca de la verdad, dejando ver hasta sus miserias como Kyuho. Y encima, parecía de los que no escuchan nada de lo que les dicen pero, aun así, por algún motivo, terminan haciendo todo lo que se les pide. Al mirarlo, sentí algo ligeramente especial. Como vio que me quedaba callado, ido, Kyuho dijo con una expresión un poco apagada:

—En serio, en Incheon todo el mundo la conoce. Yoo Seol-hui.

Me tomé hasta el fondo el caldo del *odeng* y le dije:

—¿Hoy está libre?

—¿Por?

—Le voy a mostrar un musical gratis.

—¿En serio? ¿De verdad se puede? Nunca vi un musical.

Que el primer musical de su vida fuera justo esta función, famosa por tener el peor elenco imaginable, me hizo sentir culpable, pero ya está. Ese es tu destino.

—Le voy a dar el mejor asiento. Pero con una condición.

—¿Cuál?

—Tengo un amigo cercano que se llama Jiyeon. El que me pegó con el codo ese día.

—Lo conozco. El moreno grandote, de buen cuerpo. Es famoso, ¿no?

—Ese mismo. Tiene un carácter de mierda, pero a veces dice cosas bastante ciertas. Una vez dijo que, si dos personas de distinta edad se tutean, es porque seguro follaron. Así que desde ahora hablemos de tú.

161

—¿Tú cuántos años tienes?

—Yo soy del 88 y tú, del 89. Dime *hyung*.

—Eh, ¿cómo sabías mi edad? Igual nací a principios del 89. Mis amigos son todos del 88, cursé con ellos.

—¿Desde cuándo existe eso de nacer a principio de año en la vida adulta? La vida es práctica. Y además, dejaste la escuela, ¿no?

— ...

—Perdón. Dije una idiotez. Tú también háblame de tú, ¿vale?

Al ver los labios finos de Kyuho fruncidos en una mueca de fastidio, se me alternaron dos impulsos: ganas de molestarlo usando todos los métodos posibles y, al mismo tiempo, ganas de darle absolutamente todo.

Caminamos uno al lado del otro rumbo al teatro. Le pedí un favor a una chica de la boletería y conseguí su entrada. Él entró solo a la sala y yo, como siempre, me senté en la pequeña vitrina al lado de la taquilla y me quedé mirando el monitor grande que mostraba la función en vivo. Danny, con unos vaqueros ajustadísimos, se subió al auto que había en el escenario y gritó:

—*Greased lightnin'!*

Las luces del cochecito sobre el escenario deben haberle iluminado el rostro. Solo con eso, la voz de Danny, que de otro modo sería insoportable, de pronto me pareció un poco más tolerable. ¿Habrá sido idea mía? Sin darme cuenta, estaba sentado detrás de la vitrina tarareando: «Vengan todos, Yoo Seol-hui, Yoo Seol-hui Academia de Enfermería...».

¿Qué estoy haciendo?

El sábado a la tarde, Kyuho apareció en mi casa. De la mochila enorme que traía sacó un juego de taladros Bosch. Dijo que había querido darse un gusto y se lo compró con las propinas que había recibido de los clientes chinos durante las vacaciones del Año Nuevo Lunar. No entendía por qué alguien se compraba un taladro como si fuera un placer, pero él sacó de al lado del armario la barra y las cortinas que estaban tiradas ahí. Se subió a una silla y empezó a instalar la barra. Yo sujeté la silla con las manos, lo miré desde abajo y le pregunté:

—¿Cortinas? ¿Para qué, si igual...?

—Porque cuando duermes frunces la cara todo el tiempo. Te vuelves demasiado feo.

Se me escapó una risa. Kyuho, transpirando a mares, terminó de poner la barra y colgó las cortinas. Yo dije: «Ya está» y, cuando bajó de la silla, le sequé el sudor. La frente tibia. Cerré las cortinas, que estaban guardadas hacía mucho tiempo, llenas de arrugas, y de verdad no se filtró ni un rayo de luz. Sentí que en todo el mundo solo quedábamos Kyuho y yo. Dejó el taladro junto a la biblioteca y dijo que ya se iba a trabajar.

—¿Tan rápido?

—Sí. Hoy quedé en cenar con los superiores.

—¿No te llevas el taladro?

—Pesa mucho. Y no tengo nada que hacer con él.

—(¿*Para qué lo compró?*). Vale, quédate un rato al menos.

Dijo que ya estaba llegando tarde y salió corriendo sin aceptar un vaso de agua siquiera. Me quedé mirando la puerta cerrada. ¿Vino hasta aquí solo para colgar unas cortinas? ¿Desde Incheon?

¿Qué es esto? ¿Así se entusiasma a alguien?

Esa noche me desperté con el sonido urgente de alguien golpeando la puerta. Oscuridad total. Joder, ¿qué idiota viene a esta hora? Agarré el móvil: tres llamadas perdidas y la hora marcaba las siete y media. ¿Cómo podía estar tan oscuro a la mañana? Los golpes seguían y yo, cabeceando de sueño, abrí la puerta en calzoncillos. Delante estaba Kyuho, con una caja de *macarons* en la mano.

—Dicen que comer algo dulce te levanta el ánimo.

—¿Qué te pasa, estás borracho?

—No. Hubo cena de trabajo, pero tomé solo una copa.

Sin que le dijera nada, se metió de golpe en el apartamento y me puso un *macaron* celeste en la boca.

Lo mastiqué por reflejo. Era dulce y para alguien como yo, que no es fan de lo dulce, era demasiado. La cara, ya deformada por el sueño, se me fruncía cada vez más. Me alisó suavemente con un dedo las arrugas de la frente. Su mano fría olía a azúcar. Me dijo:

—¿Salimos?

—¿Estás loco? Necesito dormir más.

—Sé que ya dormiste bien.

—¿Qué sabes? ¿Cómo sabes?

—Te llamé desde la medianoche.

—(*Así que las llamadas perdidas eran tuyas*). ¿Y si era solo que no te atendía?

—Córtala. Levántate. Vamos.

El tono y la mirada con los que dijo «vamos» eran tan firmes que, algo muy extraño, sentí que tenía que hacerlo. Aunque tenga cara de Nolbu, soy de los que suelen hacer lo que los demás proponen. Al fin y al cabo, soy un coreano que completó la educación formal sin problemas. Suspiré, me puse la chaqueta acolchada encima del *jogging* que usaba de pijama y, refunfuñando, salí arrastrado por su mano.

A primera hora del fin de semana, casi no había gente en la calle y nosotros íbamos discutiendo sobre banalidades: a dónde vamos, a dónde iremos, a un lugar fresco, pero si es invierno toda la península es fresca, quiero ver Seúl, pero si ya estás viendo Seúl. Entonces se me ocurrió un lugar. Metí la mano en la capucha de su abrigo y empecé a empujarlo cuesta arriba, como quien lleva un carrito. Su pelo emanaba olor a tabaco. Unos diez minutos después llegamos juntos al parque Naksan. En su frente ancha se le formaban gotitas de sudor. Aunque nos llevemos solo un año, ¿cómo puede ser que un chico joven se agite tanto por esto? Se lo iba a reprochar, pero caí en la cuenta de que venía de trabajar toda la noche y sentí una culpa absurda. Claro que no dejé que lo notara. Él apoyó la mano con firmeza sobre la muralla y dijo:

—¿De verdad estas piedras tienen cientos de años?

—Quién sabe.

Así, sin decir nada más, nos apoyamos contra la muralla. Mirando el sol que empezaba a asomar más allá del horizonte, me percaté de que el día y la noche se entrelazaban. Kyuho, como yo, contemplaba Seúl desde lo alto. Sin girar la cabeza ni un poco hacia mí, dijo:

—Desde chico quise venir al continente, a Seúl. Quería subir, mientras pudiera, al lugar más alto posible.

—Hubieras subido al Hallasan.

—Escúchame...

—Sí.

—¿Nosotros… salimos juntos?

—Pero si ya estamos saliendo.

—No me obligues a decirlo dos veces. Sabes perfectamente a qué me refiero.

Lo sabía. Lo sabía muy bien. Era una frase que quería escuchar desesperadamente y también algo que quería hacer. El «sí», el «hagámoslo», ya me subía hasta la punta de la lengua. Pero… mira, había algo que no podía dejar pasar. Por más que quisiera hacerlo ya mismo, antes tenía que decir algo. Algo que tendría que haber dicho hacía tiempo. No sabía si estaba bien decírselo a Kyuho, pero decidí confiar en mi intuición.

—Kyuho, antes de salir conmigo hay dos cosas que tienes que saber. Para empezar, no me gustan los dulces. Así que no hace falta que me compres *macarons*. Mejor dame el dinero.

—Estás loco.

—Y hay otra cosa que tienes que saber. O sea… lo que pasa es que yo…

Tener a Kylie.

Aunque soy de los que se preocupan por cualquier cosa, frente a grandes desgracias suelo mantener cierta serenidad. Pero los primeros dos meses después de enfrentarme con Kylie estuve completamente fuera de mí. Había salido por baja médica del servicio militar y me quedaba sentado en mi habitación, preguntándome si de verdad esto era cosa mía, si de verdad esto que tenía era mío. Pero, bueno, da igual. Hay medicación. Decidí pensar que, hasta el día de

mi muerte, no sería más que tomar una pastilla cada mañana. En cuanto al sexo, con usar preservativo alcanza. Todo
el mundo lo usa... es educación básica, ¿no? A otros les toca
pudrirse dos años en el ejército y yo lo terminé en seis meses. Digamos que la vida se me volvió más fácil y quedó
ahí. A mamá y a los chicos de T-ara les dije que me habían
dado la baja por una hernia discal. Tengo mala postura y
hernia discal también, así que no era del todo mentira. Entre
ellos, los pocos que tenían dos dedos de frente medio que
notaron algo raro y me preguntaron.

—¿Qué pasa? ¿No será que estuviste comiendo mierda?

—Ah, me descubriste.

Todos estallaron de risa y lo dejaron pasar. Cuando
bebíamos con los chicos, si pasaba por la calle alguno del
que se rumoreaba que era portador, Eunjeong, que siempre hacía de comediante, decía sin falta: «Eh, cubrid todos
el vaso», y se reían como locos. Yo también me reía hasta
que se me caían las lágrimas, pero pensaba: *Ah, es cierto,
yo también tengo eso en el cuerpo.* Y se me helaba la espalda
y me ponía tieso. Pero en el día a día no pienso nada, ni
una cosa ni la otra. Así que, bueno, tengo a Kylie. Hace
más de cinco años que vive conmigo. No es distinto de un
miembro de la familia. Tal vez incluso más que familia.
Compartimos los mismos vasos sanguíneos, nos alimen-
tamos de lo mismo y respiramos el mismo aire. O sea, soy
yo. Otro yo. Y lo seré hasta el día en que me muera. Y esto
tiene que ser solo mío. Si quieres estar conmigo, tienes
que saberlo. Que yo soy yo y, al mismo tiempo, Kylie. Es
la primera vez que le cuento esto a alguien. No te sientas
presionado. No soy quién para hablar, después de haber
terminado así por confiar ciegamente en los hombres,
pero contigo, no sé por qué, siento que puedo confiar y

por eso te lo digo. Si alguien como yo te resulta una carga, la verdad que es lo más natural, es la ley de la naturaleza, así que puedes irte sin problema. Solo te pido que no digas nada. Que me dejes seguir viviendo como hasta ahora. Que apenas recuerdes que, por la zona del parque Naksan, hay un tipo bastante peludo. O mejor aún, olvídate de todo. Piensa en mí como alguien que nunca existió en tu vida y sigue como siempre. Durante la semana yendo a la Academia de Enfermería Yoo Seol-hui y los fines de semana sirviendo alcohol en el club.

Kyuho se quedó un buen rato sin decir nada, sin pronunciar palabra, sin mover siquiera una ceja, como si no hubiera escuchado absolutamente nada. Seguía mirando hacia abajo, a Seúl. Yo dudé, pensando qué más podría agregar, y al final dije:

—Entonces me voy primero. Recorre Seúl, piensa un poco más y después llámame. Si te da pereza, no hace falta.

Y fingiendo que no pasaba nada, bajé por el sendero de la muralla. Hacía el descenso por ese camino enrevesado, como un tornillo, tan enroscado que daba náuseas, caminándolo de la manera más ineficiente posible, y no sé por qué las piernas se me aflojaban a cada rato. *¿Por qué me estoy mordiendo los labios? ¿Por qué me tiembla la mandíbula? Todavía me falta mucho.* Pensando eso, di un paso más y entonces una mano me tomó del hombro. Al darme vuelta, Kyuho estaba frente a mí. Su rostro, que normalmente quedaba a la altura de mis ojos, ahora estaba un palmo más arriba. Estaba parado en un punto más alto que yo. De sus ojos finos caían lágrimas.

—¿Por qué hablas como si no fuera nada?

—Es que no es nada. En la vida pasa de todo.

—Igual... ¿por qué lo dices sonriendo? Es tan triste.

—Si alguien tiene que llorar, soy yo. ¿Por qué lloras?

Así estuve un largo rato, mirándolo llorar. Cuando llora es bastante feo. Feo, pero adorable. Adorable, pero da lástima. Aunque es ridículo que yo sienta lástima por él. Se sorbió los mocos y habló:

—A mí me encantan los gatos. Pero no puedo tener uno. Me dan alergia.

—¿Y qué tiene que ver?

—Te pareces a un gato gordo y malvado. Así que, a partir de ahora, te voy a llamar Dungo.

Un apodo tan poco original como Kylie. Pero me gusta.

Alguna vez, mucho tiempo después, una noche en la que estábamos acostados juntos, se lo pregunté. Por qué, aun sabiendo que yo tenía a Kylie, había aceptado salir conmigo sin dudarlo.

—Porque daba igual, tú eras tú.

No porque sí, ni a pesar de todo, ni aun así. «Porque daba igual, tú eras tú». Esa frase me gustó tanto que la repetí una y otra vez, como si estuviera manteniendo agua en la boca.

—Porque todo daba igual.

Cuando se supo que Kyuho y yo estábamos saliendo, los que más se alegraron fueron los de T-ara.

—¡Guau! ¡Felicitaciones! Entonces ahora tenemos pase libre al club, ¿no? ¿Y el alcohol también es gratis?

De verdad, están completamente locos.

El primero que consiguió trabajo fue inesperadamente Kyuho. Apenas terminó las prácticas, lo aceptaron de inmediato en una clínica urológica especializada en agrandamiento del pene, en Sinsa-dong, y también lo querían en varios sanatorios de cirugía plástica que eran franquicias. En tiempos como estos, con tanta dificultad para conseguir empleo, era algo llamativo. Claro que, a los ojos de cualquiera, era bastante aplicado y tenía la disciplina para ganarse bien la vida. Pero para abrirse camino por cuenta propia o tomar decisiones importantes era un completo inútil. Siguiendo mi consejo, terminó eligiendo la clínica urológica especializada en agrandamiento del pene. Se ve que no me había equivocado. Decía que el trabajo era cómodo y que, comparado con sus compañeros del instituto, ganaba bastante más.

Durante toda la relación, Kyuho me repetía como una muletilla:

—Dungo, ¿ahora qué hacemo'? ¿Salimo' a jodé?

Seguro era dialecto de Jeju. Cada vez que escuchaba esas preguntas con el final bruscamente cortado, suspiraba y le devolvía, como una madre, la respuesta que mejor se ajustaba a él, la que mejor se ajustaba a nuestra situación. En mi caso, aunque era un desastre para las cosas cotidianas como ordenar o separar la basura reciclable, era bueno para tomar decisiones importantes, de esas más complicadas. Pero, claro, en casa de herrero, cuchillo de palo: mi propia vida era un caos total, y después de haberme postulado a una empresa tras otra, me rechazaron con entusiasmo unas cien veces, haciéndome sentir un expulsado del mundo. Aun así, no estaba decepcionado ni frustrado. Al fin y al cabo, ya había comprobado en trabajos anteriores que, por más vueltas que uno diera para que lo aceptaran, la vida no mejoraba en absoluto. Con el amor pasaba lo mismo. En mi relación con Kyuho no había gran excitación ni expectativas desmesuradas. Tal vez justamente ese fue el secreto de que durara tanto.

A diferencia de aquel comienzo más o menos dramático, nuestra relación era tan pero tan normal que era soporífera. Igual empezamos a salir. Igual me convertí en Dungo. Igual Kyuho empezó a ponerse cada vez más seguido unos anteojos gruesos en vez de sus lentes de contacto y terminó convirtiéndose en un Pororo con los ojos separadísimos.

Se hizo costumbre que, cuando terminaba de trabajar los fines de semana, viniera a mi casa y se quedara a dormir. Para no despertarme, porque yo tenía el sueño liviano, entraba sin hacer ruido, amortiguando el sonido de los pasos. Apenas se lavaba la cara, se metía bajo las mantas y se dormía en diez segundos. Yo, en cambio, me despertaba con el menor ruido y, apoyando la nariz en su nuca, volvía a intentar conciliar el sueño mientras aspiraba el olor a tabaco que salía de su pelo o de su frente.

Nos despertábamos muy tarde, preparábamos sopa de brotes de soja o *kimchi jjigae* y después salíamos. Si nadie me obligaba, yo no quería salir jamás de la cama (y menos aún ir a lugares con mucha gente). Kyuho, en cambio, se asfixiaba si permanecía demasiado tiempo en un mismo lugar. Me resultaba imposible entender cómo podía ser así, pero gracias a él empecé a recorrer el mundo con cierta diligencia.

Nuestros recorridos de citas fueron cambiando al ritmo de la gentrificación. Paseamos por los museos de

Samcheong-dong y Bukchon, caminamos por Garosu-gil cerca de su trabajo, y al pasar por Bogwang-dong y Mangwon-dong, por Haebangchon y Seongsu-dong, ambos terminamos engordando más de cinco kilos. Yo trabajaba por el salario mínimo y era pobre hasta la miseria, así que casi siempre él me pagaba la comida. Cuando me decía que triunfara rápido para devolvérselo, yo siempre respondía al grito de «¡por supuesto!», pero los dos sabíamos que eso no iba a ocurrir.

Kyuho vino a casa diciendo que lo habían ascendido a jefe de coordinación y trajo carne de res australiana. Mientras asábamos la carne, le pregunté qué clase de hospital era ese, ya que no era ningún cuchitril de barrio como para andar dando ascensos tan rápido. Por lo que me contó, el cargo de «jefe» no parecía la gran cosa, pero estaba claro que le había caído en gracia al director. Este le decía que le gustaba porque no era como «los chicos de hoy».

—¿Y qué será eso de no ser como los chicos de hoy?

—Que soy medio pueblerino.

No era difícil entender al director. Ese carácter aplicado y callado tan propio de él y esa apariencia que parecía ordinaria pero, a la vez, transmitía una confianza extraña, eran también las razones por las que me gustaba a mí.

Cuando la temporada de *Grease* estaba terminando, conseguí de casualidad un puesto en una empresa mediana de comercio exterior. Para alguien como yo, el sueldo era bastante alto, pero había un problema: el examen preliminar. El último filtro antes de la contratación. Como era una empresa grande, exigían hacerse un chequeo completo, incluido un análisis de sangre, en una fundación médica. Le conté al médico del hospital universitario donde retiraba la medicación y me dijo que no me preocupara, que hacer pruebas de detección de virus sin el consentimiento del paciente era ilegal. Pero sentí que hablaba desde la vida de otro y no pude sacarme esa sensación incómoda de encima. Y, como era de esperar, después de buscar un poco en internet encontré casos de personas a las que les habían anulado el ingreso a grandes empresas por ese motivo. Mientras le daba vueltas al asunto, a Kyuho se le ocurrió una idea maravillosa.

—Voy yo en tu lugar. Si hasta tenemos el mismo grupo sanguíneo.

Me acuerdo de que al comienzo de la relación, cuando me preguntó cosas como el grupo sanguíneo o el signo para ver si éramos compatibles, le había dicho que no dijera estupideces. Quién iba a pensar que iba a servir para algo. No solo teníamos una estatura y un peso parecidos, sino que además compartíamos el grupo sanguíneo AB. De hecho, aunque para mí éramos totalmente distintos, para la gente que no nos conocía bien era difícil distinguirnos. Y después de que los dos engordáramos un poco, eso se volvió todavía más marcado. Perfecto, al menos probemos. Kyuho iría al examen médico en mi lugar. Cuando fue con mi documento de identidad a hacerse los estudios, no podía dejar de preocuparme pensando que iba a meter la pata y que todo iba a descubrirse.

No ha sido nada del otro mundo.

Suspiré al leer su mensaje.

Al final, entré al programa de capacitación de la empresa cuando faltaban dos funciones para la última presentación. *Grease*, que ese año había comenzado con triple elenco, bajó el telón dejando como grupo principal solo a dos actores de registro vocal limitado y unos doscientos programas intactos.

Incluso después de que conseguí trabajo, Kyuho no dejó el club. Dijo que, con el examen nacional de medicina a la vuelta de la esquina, el carácter de mierda de su hermano se había vuelto todavía peor y que pensaba reunir rápido el depósito para irse de esa casa. No le bastaba con trabajar cinco días a la semana en el hospital. Los fines de semana también iba dos días al club y, encima, cada dos semanas hacía el turno de los sábados por la mañana en el sanatorio. Las citas, que antes eran una o dos por semana, se redujeron de forma drástica a una o dos al mes. En cambio, hubo muchos días en los que venía a mi casa y se desplomaba en la cama. Cuando los dos empezamos a manejar algo de dinero, al menos pudimos comer cosas decentes y hasta hicimos una escapada de una noche a un hotel en Seúl. Tiramos sales de baño, nos sentamos en la bañera a tomar champán, sacamos fotos y las subimos a redes sociales. Nos pusimos batas y miramos el paisaje de Seúl. Hicimos todo lo que hace la gente. Todo, salvo una cosa. Mejor dicho, no pudimos hacerla. Cada vez que Kyuho se ponía un preservativo, no se le paraba y cuando yo lo hacía con preservativo, él a veces terminaba sangrando. Hubo veces en que los dos tomamos viagra, pero entonces, quién sabe por qué, me daba mala digestión y se me tapaba la nariz. Ya bastante me fastidiaba tomar la medicación de la mañana como para sumar digestivos y protectores hepáticos (aunque, claro, Kyuho se ocupaba con esmero de los remedios). Kylie, que en la vida cotidiana apenas aparecía, se metía de golpe en esos momentos. Aun así, decidí no abandonarme a la melancolía pensando que todo esto no era más que la imagen común y corriente de una pareja que llevaba tres años junta. A veces encontraba en los bolsillos de su ropa viagra genérica o pastillas para retrasar la eyaculación. Decía que eran muestras que enviaban las farmacéuticas. Que en el hospital andaban tiradas por ahí. Sí, bueno, podía ser. Pero, entonces, ¿para qué llevarlas encima? Cada vez que me asaltaba ese pensamiento, recordaba cuando Kyuho había viajado solo a Japón. «Folla todo lo que quieras, yo estoy bien», fui yo el que lo dijo primero. Yo tenía a Kylie y sabía bien que, por mi culpa, Kyuho no podía hacer todo lo que quería. Decidí no ser ingenuo. No creer en nada fue la forma que encontré de mantener a Kyuho a mi lado. De protegerme a mí mismo. Está bien. En la vida no se puede tener todo.

Kylie.

Esto es solo mío.

Kyuho, que había dicho que tenía un día libre entre semana y que se quedaría a dormir en su casa, apareció en mi habitación enojadísimo.

—¿Qué ha pasado?

—Ya no puedo vivir más con ese hijo de puta.

Ese tipo, que en teoría era su hermano, solo se limitaba a comer lo que preparaba Kyuho y había empezado a quejarse de que no había nada cuando él comenzó a trabajar en el hospital. Cuando Kyuho, harto, le respondió de mala manera, el tipo agarró unos huevos de la nevera y se los tiró a la cara. Mientras escuchaba, sentía cómo se me subía la sangre a la cabeza. Él tenía yema pegada en los hombros y el cuello.

—Vamos, llama a una furgoneta.

Y así, salimos disparados rumbo a Incheon. Eran dos horas de viaje en metro, una distancia larga. Pensar que hacía ese recorrido todos los días para ir y venir del trabajo, para venir a mi casa. Al darme cuenta de que llevábamos más de setecientos días saliendo y que yo no había ido ni una sola vez a su barrio, me agarró una culpa tonta. Bajamos en la estación, tomamos un bus y de pronto empezó a sonar una publicidad que me resultaba extrañamente familiar: «Vayamos juntos, Yoo Seol-hui, Academia de Enfermería Yoo Seol-hui. Si vas a la Academia de Enfermería Yoo Seol-hui, dicen que es más fácil entrar a la Facultad de Enfermería». Nos miramos, aguantándonos la risa.

Al llegar a la casa, el tipo que en teoría era su hermano no estaba. Quién sabe a dónde habría ido a tragar algo. Los huevos rotos seguían ahí, tirados frente a la nevera. Le dije a Kyuho que se apurara a hacer las maletas. Solo tenía algo de ropa, dos pares de zapatos y un portátil. Entraba todo en una maleta grande.

—¿Eso es todo?

—Sí. Eso, y el colchón que compré yo.

Esa era toda su parte en esa casa. Justo entonces llegó el camión de mudanzas, un vehículo de una tonelada, y los dos, que teníamos la espalda destruida, cargamos el colchón *super single* al camión entre quejidos.

Esa noche, en el cielo brillaban estrellas frías e íbamos apretados en el angostísimo asiento de acompañante del camión, pegados, sintiendo el calor del otro en los muslos, mientras recorríamos la autopista de regreso a casa. No a mi casa, sino a nuestra casa. La carretera, teñida del naranja de las luces, me provocaba unas ganas inexplicables de llorar, como si todo volviera a empezar desde cero.

Claro que esa sensación no tardó mucho en esfumarse. En mi estudio no había manera de colocar el colchón sin que quedara mal encajado. Al final no nos quedó otra que dejarlo tirado así sin más frente a la puerta del balcón. Cada vez que salíamos allí había que pasar pisando su colchón y sus almohadas. Cuatro días durmió en la misma cama que yo, pero dijo que roncaba demasiado fuerte y se fue a dormir a su viejo colchón. Por la rendija de la puerta se colaba el aire frío. Kyuho decía que, si encendía la manta eléctrica, el cuerpo le quedaba caliente pero la nariz se le helaba y que eso le hacía gracia.

No pasó mucho tiempo entre que empezamos a vivir juntos y que dejara el trabajo del club. Decía que ya no le daba el físico para seguir, pero más bien parecía que, desde que vivía conmigo, había perdido la motivación para juntar el depósito. En su último día, el dueño del club le regaló dos botellas de Moët & Chandon. Sus amigos y los míos compartieron el champán en una mesa.

Desde que comenzamos a vivir juntos, discutíamos con una frecuencia inédita. No era por cosas graves, la mayoría de las veces eran conflictos que surgían porque nuestras formas de vivir eran demasiado distintas.

Yo me tomaba el secado de la ropa como si fuera cosa de vida o muerte. Antes de colgarla, la sacudía varias veces para prevenir arrugas y, al tenderla, mantenía una distancia regular entre prenda y prenda. Abría todas las ventanas de la casa y hasta ponía un ventilador apuntando al tendedero. En cambio, Kyuho colgaba la ropa lavada de cualquier manera, tan a lo bruto que no había otra forma de describirlo, y encima cerraba bien las ventanas, la casa se convertía en una especie de sauna. La ropa que se secaba así, lenta, terminaba llena de arrugas y con olor a trapo húmedo. Después de retarlo una y otra vez sin que cambiara, un día, cuando volvió del trabajo, le tiré una camiseta mía a la cara.

—La ropa tiene olor a trapo.

—Es el olor que te sale de abajo de la nariz.

Las peleas que empezaban así siempre terminaban igual. Solo después de que alguno de los dos levantara la voz...

Con mi nuevo trabajo empecé a comprar cosas cada vez que me estresaba. A Kyuho le pasaba lo mismo. Yo compraba libros o chucherías, mientras que él se lanzaba a comprar ropa y artículos de primera necesidad de manera casi beligerante. Para él, había que deshacerse de los libros que no leía, y para mí, de la ropa que no me ponía. Pero ninguno estaba dispuesto a ceder. Las cosas iban amontonándose en mi diminuta habitación.

A Kyuho le molestaba mi costumbre de dejar los objetos tirados en cualquier lado. Me decía que cada cosa debía tener su lugar, y yo le grité: «¿Qué lugar van a tener en este cuartito? ¡El camino por donde paso es el lugar y así son las cosas!». Esa vez que discutimos casi nos separamos.

A veces lo odiaba tanto que me daban ganas de matarlo, pero bastaba darse vuelta para que todo se desvaneciera y volvíamos a hablar de qué íbamos a comer esa noche o de que no me olvidara de comprar bolsas de basura cuando hiciera la compra al día siguiente. Casi siempre cada uno dormía en su cama, aunque de vez en cuando dormíamos juntos. No porque tuviéramos sexo, sino porque nos turnábamos para apoyar la cabeza en el brazo del otro, respirando el olor del pecho o de la axila, y así fuimos creando una relación que creíamos que era amor y noviazgo.

Coordinamos nuestras vacaciones y viajamos a Tailandia. Fue una semana larga.

Kyuho no paraba de fastidiarme para que revisara todo una y otra vez y ver si tenía bien el pasaporte. En circunstancias normales le habría dicho que dejara de joder, pero como tenía antecedentes, me aguanté. La vez anterior, cuando preparábamos el viaje a Japón, habíamos ido juntos a la oficina del distrito de Jongno a sacar el pasaporte. Con lo poco que había viajado al exterior hasta entonces, ahora se hacía el experto. Eso, a su manera, también me daba un poco de ternura. A diferencia del viaje pasado, todo empezó saliendo bien. Pudimos reservar a buen precio el Park Hyatt Hotel, que todavía estaba en apertura parcial porque no habían terminado las remodelaciones. Cuando escribí medio en broma «luna de miel» en el apartado de observaciones, no esperaba nada en particular. Pero al entrar a la habitación encontramos una botella de champán y una tarjeta de felicitación sobre la cama. Para colmo, como la cortina automática estaba rota, el gerente nos cambió a una *suite* en el último piso. Apenas entramos en esa habitación amplia, de dos ambientes, empezamos a gritar de alegría.

Esa noche usamos en la bañera un gel corporal de Le Labo que era demasiado caro para nosotros, tomamos el champán juntos y nos dimos un baño de espuma. Nos sacamos fotos al estilo María Antonieta, apilándonos espuma en la cabeza, muertos de risa. Alcoholizados, subimos fotos a Instagram, nos tomamos la botella entera y nos quedamos sentados juntos en la bañera hasta que se nos arrugaron las yemas de los dedos. Después, cuando la cara se nos puso demasiado caliente, salimos, nos pusimos las batas y nos tiramos en la cama. Me dormí mirando su cara enrojecida.

Cuando desperté luego de dormir profundamente, por alguna razón los dos estábamos desnudos, abrazándonos. Como siempre, Kyuho se acurrucaba contra mí sin hacer ningún ruido. Le toqué la punta de la nariz y las mejillas. Tal vez por el aire acondicionado, tenía la piel fría y seca.

Esa mañana recorrimos varios lugares haciendo compras. Kyuho dijo que quería conocer Khao San Road ya que había oído hablar mucho de ella, así que tomamos un taxi acuático. Apenas subimos al barco, de repente cayó un chaparrón y llegamos empapados. Se caía el cielo y estábamos mojados de pies a cabeza. Como no había dónde resguardarse, conseguimos una habitación en una *guest house* de cincuenta mil wones. Después de ducharnos por turnos en el baño compartido (un espacio miserable de cemento con apenas unas mangueras colgando), nos acostamos desnudos en una cama que chirriaba. Entonces tuvimos sexo. Mirando el gran ventilador de techo girar a toda velocidad, pensé que los dos estábamos unidos como un solo cuerpo. Era una sensación que hacía muchísimo tiempo no experimentaba.

Cuando salimos otra vez, la lluvia ya había parado y se ponía el sol. Miramos el atardecer, que se apagaba hermoso en tonos violetas, mientras tomábamos una cerveza. Compramos dos camisetas sin mangas con un Winnie Pooh estampado.

El sábado fuimos juntos a un club, los dos con esas camisetas puestas. Cerca de la medianoche empezó a sonar una canción conocida: *Sexy Love* de T-ara. ¿Cuántos años habían pasado desde la última vez? Los lugareños (que bien podrían autodenominarse las T-ara de Bangkok) se amontonaron frente al escenario y comenzaron a bailar una coreografía perfectamente sincronizada. Kyuho y yo gritábamos, nos abrazábamos y saltábamos sin parar. Sentir su cabeza tibia contra la mía me hacía bien y nos besamos sin pudor, para que todos lo vieran.

Alguna vez había leído que las parejas siempre se pelean cuando viajan al extranjero y con nosotros pasó lo mismo. Discutimos porque en el club uno miraba a otro hombre, porque el taxi tardaba demasiado y por otras cosas que ya ni recuerdo. Pasábamos un rato sin hablarnos y después, con alcohol y un par de besos, todo volvía a estar bien.

Porque estábamos de vacaciones.

De regreso a la rutina, nos consumía el trabajo y el cansancio. Las camisetas de tirantes que habíamos comprado en Tailandia pasaron a ser ropa de casa. La cara de Pooh estampada en el pecho se llenó de pelusa y, salpicada por caldo de *ramyeon*, se fue borrando enseguida. A veces recordábamos el viaje y nos reíamos, pero la mayor parte del tiempo nos devolvíamos el «estoy agotadísimo» como pelotas de ping-pong. Sin darnos cuenta, empezamos a vernos como parte de la rutina tediosa del otro. Como esos días repetidos y aburridos, empapados de sudor.

A partir de ahí, peleamos más que nunca. Un par de veces incluso nos separamos del todo. Durante esos periodos de ruptura, una vez se fue él y otra me fui yo, y vimos a otros hombres. En mi caso fueron bastantes. Probablemente en el de Kyuho, también. Cuando con el tiempo se iban borrando el rencor, el resentimiento y hasta el motivo de las peleas, volvíamos a casa, nos reconciliábamos en silencio sin preguntarnos nada y seguíamos. La frontera entre separarnos y volver se fue tornando difusa.

Luego de Año Nuevo empezamos a ir a una academia de chino. Fue una propuesta mía, después de enterarnos de que el hospital donde trabajaba Kyuho iba a abrir sedes en Pekín y Shanghái por una inversión conjunta con una gran corporación médica china. Justo en esa época también corría el rumor de que en nuestro equipo iban a seleccionar a alguien para trabajar en China. Como el tiempo que pasábamos juntos se había reducido bastante, pensé que estaría bien compartir una actividad, aunque fuera como pasatiempo. Los días en que las clases terminaban tarde, volvíamos a casa en taxi, sentados uno al lado del otro, mirando cada uno hacia un lado distinto. El paisaje de Seúl pasaba lento tras la ventanilla. Cuando conocí a Kyuho, esa distancia estaba bañada por el brillo deslumbrante de los neones. Al recordarlo, se me escapó una sonrisa. Yo me adelanté a comprar los abonos del curso, pero él avanzaba mucho más rápido. A diferencia de mí, que tengo mala memoria y soy un analfabeto con respecto a los caracteres chinos desde chico, Kyuho desplegó su constancia habitual y fue pasando de nivel sin problemas. Al final, en apenas seis meses, aprobó el HSK de nivel 5. Yo, en cambio, tuve un fracaso estrepitoso, aunque igual presenté la solicitud para el puesto en Shanghái.

Quince días después me avisaron de que los candidatos se habían reducido a dos: un compañero con dos años más de antigüedad y yo. Kyuho, por su parte, se postuló al puesto de coordinador y jefe de área de la sucursal de Shanghái y quedó seleccionado. El hospital incluso le cubriría parte de los gastos de estadía. Investigamos en qué zona de la ciudad alquilar, dónde estaban los clubes gais, cómo estaban los precios, dónde comprar muebles.

Irnos a otra ciudad no significaba solo un cambio físico. Quería cambiar por completo el entorno que nos rodeaba para sostener esta relación, para seguir adelante con lo que había entre nosotros. Mientras averiguaba sobre la visa de trabajo, leí que para permanecer más de seis meses era obligatorio someterse a un examen médico en el país. Un examen físico con análisis de sangre incluido. Al buscar información, me aparecieron varios artículos sobre el endurecimiento de los controles por el rápido aumento de enfermedades de transmisión sexual en China.

Kylie.

Había sido demasiado ambicioso. En esos tres años ya había tenido demasiadas cosas. Cuando uno intenta abarcar demasiado, lo normal es que algo salga mal. Así que...

Al día siguiente le dije al jefe de equipo que, por la enfermedad crónica de mi madre, lo mejor era renunciar al puesto. A Kyuho le conté que, en mi lugar, iba a ir un compañero con más antigüedad. Me respondió que él tampoco iría, que de todos modos aquí también había muchos hospitales que lo llamaban. Yo, como siempre, le di la respuesta que más le encajaba.

—Tienes que ir. Con una oportunidad así, ¿cómo no vas a ir? Tienes que ir.

No dijo nada.

Y durante unos dos meses vivimos una rutina igual a la de siempre. Nos reíamos a carcajadas de las bromas del otro, nos besábamos, desmenuzábamos la carne del pescado para ponerla en la cuchara del otro, a veces nos bañábamos juntos y, aun así, a la casa llegó el bolso que compró para migrar, y sus cosas iban saliendo de los cajones para meterse en las maletas. Por momentos sentía un destello de ternura, pero no se me cruzó ni por un segundo la idea de seguirlo. Sabía que esta excitación también era apenas momentánea. El final de la noche y el momento en que sale el sol están unidos. Que ahora me invadiera esta emoción significaba que se acercaba el final.

La última noche que dormimos en la misma casa, le miré el rostro. Se había dormido antes que yo. Como siempre, dormía profundamente. ¿Por qué no haces ningún ruido cuando duermes? Como si estuvieras midiendo el ambiente. Como si, por más tiempo que pasara, siempre estuvieras viviendo en casa ajena. ¿Habrá sido culpa mía, culpa tuya o solo algo inevitable?

El día de la partida fuimos juntos al aeropuerto de Gimpo. Después de despachar una maleta enorme y un carrito, quedaba alrededor de una hora para el despegue. Kyuho dijo que tenía hambre, así que fui a Paris Baguette y le compré una leche y el *japchae croquette* que tanto le gustaba. Cuando me preguntó si no iba a comer, negué con la cabeza. Le dio un mordisco a la croqueta y me preguntó:

—¿Me vas a esperar?

—Dicen que salir con un local hace que uno aprenda el idioma más rápido.

—¿Por qué te ríes tanto? ¿Te parece gracioso?

—Siempre estoy sonriendo, ¿no?

—¿Entonces ya terminamos?

—No preguntes más. Ya no hay a quién preguntarle.

—¿De verdad te da lo mismo que yo no esté?

Dejó la croqueta en mi mano, casi tirándola. Después se levantó y empezó a caminar rápido hacia el área de embarque, con una expresión que no sabía si era de llanto contenido o de escandalito. Con ese cuerpo enorme, caminaba como un niño de primaria enfadado. Él no era de grandes altibajos emocionales. Seguro era porque yo no le había dado ni una sola de las respuestas que quería oír. Me quedé mirando en silencio su espalda alejándose y, finalmente, me di vuelta.

El tren expreso al aeropuerto, un día de semana por la mañana, estaba sorprendentemente vacío. Afuera, por la ventanilla, se sucedían sin pausa marismas grises y campos de cultivos secos de los que solo quedaban los tallos. Miraba eso, ido, cuando de pronto caí en la cuenta de que este lugar era Incheon. «Si dices Incheon, dices Yoo Seol-hui». Se me vino a la cabeza la voz de Kyuho. «Vamos juntos, Yoo Seol-hui, Academia de Enfermería Yoo Seol-hui». Murmurando solo como un loco, de pronto me dio vergüenza y miré a mi alrededor. Era el único sin equipaje. Lo único que todavía tenía en la mano era la croqueta fría. Me la quedé mirando en silencio, tenía la marca de los dientes de Kyuho.

De repente tenía ganas de escuchar una canción alegre, alguna de Kylie Minogue o de T-ara, y justo en ese momento se me había muerto la batería del móvil. En situaciones así, Kyuho solía tenderme una batería portátil. Y no era solo eso. El que cada mañana me preparaba las pastillas con un vaso de agua, el que me alcanzaba la manteca de cacao cuando se me partían los labios, el que me colgó las cortinas *blackout* en el cuarto, el que me rascaba la espalda cuando me picaba, el que entraba antes al baño para entibiar el aire: esa persona eras tú y nadie más. Así que, en realidad, yo te necesito muchísimo, Kyuho… Mientras miraba el paisaje que se iba volviendo borroso tras la ventanilla, iba a Seúl, hacia la gran ciudad que conocía demasiado bien.

Vacaciones durante la estación de lluvias tardía

Cuando llegué en Uber al lugar que él me había indicado la noche anterior, me sorprendí un poco, porque creí que el destino iba a ser un gran centro comercial, pero resultó ser el hotel Park Hyatt.

Lo había olvidado.

Apenas entré al vestíbulo me di cuenta de que lo había olvidado.

El diseño del lugar con el mismo tono damasco que el año pasado y la lámpara de araña en espiral que, pese a su pretensión de lujo, tenía un aire extrañamente barato. La alfombra marrón tendida para que no se escucharan los pasos. Incluso el francés que se había presentado como el gerente estaba de pie en el mismo lugar, con la misma ropa, como si lo hubieran grabado ahí. Al verlo me reí. Este era el edificio de entonces, pero yo no me había dado cuenta de que aquel lugar y este lugar eran iguales. Y el yo de ese entonces y el yo de ahora estábamos aquí con un ánimo completamente distinto, con una apariencia distinta.

El gerente me llamó «señor Park» y me estrechó la mano. Sorprendido por la inesperada hospitalidad, esbocé una sonrisa torpe. Hablaba inglés con acento francés. Había dejado su tarjeta entre las páginas del pasaporte. Cuando preguntó cómo estaba la persona que había venido conmigo, me limité a sonreír. Con la mayor claridad posible, adoptando una postura y una voz como si no hubiera nada extraño ni incómodo, dije el número de habitación del piso treinta y el nombre de Habibi.

Cuando la puerta se abrió me sorprendí un poco, no solo porque Habibi parecía cansado y envejecido en comparación con la primera vez que lo había visto, sino porque la distribución de la habitación me resultaba familiar. A veces, la memoria de los espacios se adelanta a la memoria de las personas o de los episodios. Las cortinas automáticas a medio abrir, el sofá de tela con olor a nuevo, el baño independiente de mármol negro. Era una *suite* con la misma distribución que la habitación en la que me había alojado un año atrás.

Habibi me apoyó una mano en el hombro y nos dimos un abrazo breve. No sabía mucho sobre él.

Era un financista que había estudiado Economía en una universidad de Estados Unidos. En la app de Tinder decía que tenía treinta y nueve años, pero en realidad era bastante mayor. Le gustaba vestir trajes formales y hasta llevaba su propio alfiler de corbata y gemelos. Usaba un Rolex y tenía distintas divisas en una billetera larga de Louis Vuitton. A fines de octubre, en plena temporada de vacaciones tardías, me había llamado a este lugar a mí, que no tenía nada de especial.

Yo tampoco terminaba de asimilar mi propia realidad. Hasta hacía apenas unos meses, no habría imaginado que yo, a los treinta y dos años, estaría yéndome de vacaciones a fines de octubre, en plena estación de lluvias tardía.

Al comienzo de todo esto, estaba Kyuho.

Después de que se fue, lo primero que hice fue tirar la cama.

Hasta hacía nada, en mi diminuto estudio había una cama de una plaza y media y, además, una Tempur tamaño *queen*. A eso se sumaban dos estanterías, un escritorio y hasta una nevera, de modo que no quedaba espacio ni para apoyar los pies. El colchón de una plaza y media lo habíamos traído cuando se mudó a mi casa. Era de una marca que fue tema de conversación hacía poco, después de que se supiera que contenía sustancias cancerígenas. Comprobé que en la parte inferior del colchón tenía pegado un logo parecido al símbolo del *taegeuk*. Al acordarme de la cara aplastada de Kyuho al decirme que cuanto más dormía más le dolía la espalda, no podía evitar reírme. La cama Tempur me la había regalado mi padre cuando debuté como escritor, con la excusa de mi frágil salud lumbar. Por aquel entonces mi padre expandía su negocio sin control, aun con la crisis económica, y gastaba dinero como si nada, con la billetera tan llena de cheques que ni cerraba, irradiando un aire siniestro. Tal como era de esperarse, antes de que pasara un año se descubrió que había malversado fondos públicos y evadido impuestos mediante contratos paralelos, y ahora anda prófugo por todo el país.

Había salsa de soja derramada en algún lado.

Mientras sacaba la cama solo (se decía que emitía radón, un carcinógeno) recordé una vez en que Kyuho y yo comimos sushi. Habrá sido un día en el que había pasado algo bueno. Cuando pedíamos sushi era casi siempre así.

Kyuho estaba sentado en la cama, comiendo sushi, y, como de costumbre, volcó el plato. Yo me apresuré a limpiar la salsa de soja con el dobladillo de la camisa. Fue apenas un instante, pero quedó una mancha en el colchón.

Cuando me di cuenta de que mi espalda no estaba tan bien como para cargar solo un colchón de una plaza y media, ya era demasiado tarde y, con un dolor que me recorría hasta la punta de los pies, logré arrojarlo a duras penas en el incinerador. Cuando volví a la habitación, en la televisión pasaban una noticia: el fabricante estaba retirando gratuitamente los colchones en los que se habían detectado sustancias cancerígenas. El dolor de espalda no se me fue.

Era demasiado tarde para dar marcha atrás.

Después de separarme de Kyuho, lo segundo que hice fue renunciar.

Tras su partida me asignaron al equipo de apoyo a la gestión. Dicho así suena bien, pero en la práctica mi trabajo se limitaba a comprar todo tipo de cosas triviales como papel higiénico, mopas, resaltadores, y repartirlas por la empresa. Era una tarea que podía hacer cualquier estudiante de primaria que supiera lo básico de matemáticas, el puesto perfecto para alguien como yo, sin capacidades destacables ni motivación alguna. Tanto para la empresa como para mí era una decisión satisfactoria (sobre todo porque no tendría que hacer horas extras), pero aun así todos los días sentía una ira sin saber de dónde venía y, cada vez que iba a trabajar, deseaba poder terminar la jornada sin llegar a odiar a nadie. Sin entablar una verdadera relación en la nueva oficina, vivía el día convertido en una naturaleza muerta cubierta de polvo. Ya me había pasado algo parecido en mi empleo anterior, pero esta vez aguantaba cada día con la sensación de que, ahora sí, era el final. Viviendo así, mi cintura pasó de 81 a 91 cm, me ascendieron a subgerente y terminé en la situación de tener que comprar ropa en tiendas *online* especializadas en tallas grandes. El cuerpo y la mente se me volvían cada vez más pesados.

Desde que Kyuho se fue, me costaba levantarme de la cama. Algunos días llegaba tarde, muchísimas veces salía sin afeitarme ni lavarme la cara, y hubo ocasiones en que fui a trabajar con la bragueta abierta o con los botones de la camisa mal abrochados y recién me daba cuenta cuando volvía a casa. Afeitarme, cortarme las uñas, cepillarme los dientes, se me antojaban como lujos excesivos. Para alguien como yo, que, pese a una apariencia algo disoluta, jamás había llegado tarde ni faltado a clase en los doce años de primaria y secundaria, y que siempre se duchaba antes de salir, una persona con leves rasgos obsesivos, eso era una experiencia bastante excepcional. Empecé a llevarme a casa, de a uno por día, los objetos que tenía sobre el escritorio. Cuando todo quedó despejado, renuncié. No sentí una alegría especial, ni entusiasmo, ni alivio.

La verdad era que estaba harto de todo.

Después de separarme de Kyuho, lo tercero que hice fue tomar un avión a Bangkok.

El plan era que, mientras me quedara dinero de la indemnización, iba a llevar una vida moderna y elegante. Dormir bien de medianoche a ocho, preparar café, hacer tres horas de ejercicio al día, aprender a tocar la guitarra, leer hasta agotarme, escribir y gastar el dinero de forma ordenada. Pero cuando abría los ojos no sabía ni qué hora era ni en qué punto del cielo estaba el sol. Había perdido por completo el ritmo de la vida cotidiana. Al principio sentía al menos una vaga culpa por estar desperdiciando la vida.

Con el paso del tiempo, pensé: *Bueno, ya no importa. Dejemos que el dinero se gaste solo, aguantemos así mientras la vida aguante.* Mientras pasaba los días encerrado en la habitación, tirado sobre mi cama Tempur, llegué a la revelación de que esto era un estado de muerte mullido y perfecto y de que hasta el aburrimiento puede ser aburrido. Con ese pensamiento, agarré el móvil y abrí Tinder, una app que en general no usaba. Que caiga cualquiera, que cualquiera me saque de esta cama que parece un ataúd, de esta vida cotidiana estancada en proceso de putrefacción. Con ganas de pasar por la picadora a toda la humanidad, apreté el botón de «me gusta». Si lograba hacer *match* con alguno, enviaba: «¿Cómo estás ahora?», y recién entonces me levantaba de la cama y salía para tener un sexo que ni siquiera era tan bueno.

Hice *match* con él de pura casualidad.

Una foto solo del cuerpo vestido de traje y treinta y nueve años. Me hizo gracia que se hubiera tomado la molestia de escribir: «Economía, Universidad de Columbia», así que entré al perfil para verlo mejor. Pensé: *Qué clase de chiflado ocultaría el rostro con tanto empeño y, en cambio, exhibiría la universidad de procedencia (y encima una de la Ivy League), pero se llama Alex, un malayo de origen singapurense.* Libro favorito: *Teoría general del empleo, el interés y el dinero*, de Keynes. Artistas favoritos: ¿Bach y Rajmáninov? Claro, cómo no. Como si viajara todo el tiempo por trabajo al exterior, había enumerado de manera engorrosa estancias en toda clase de países. Mientras hurgaba ese perfil sospechoso por donde se lo mire, sin darme cuenta terminé apretando el botón de *super like*. Hicimos *match* y enseguida me llegó un mensaje suyo: si podía ir ahora mismo a su hotel. Pensé unos tres segundos y respondí que sí, que podía. Me pasó el número de habitación del Four Seasons. Salí sin siquiera ducharme, con el *jogging* que usaba como pijama y una gorra bien calada. Tanto al recibir la mirada desconfiada del personal en recepción como al golpear la puerta de la habitación que me había indicado, no tenía ninguna expectativa. La vida siempre estaba preparada para mostrar algo peor que cualquier cosa que yo pudiera imaginar. Mientras me duchaba en su habitación, pensé que habían pasado exactamente cuatro días. Me hizo gracia pensar que el cuero cabelludo podía llegar a picar hasta doler.

El sexo no fue bueno ni malo. Las luces eran tenues, la habitación era más amplia de lo que esperaba y de la nuca le salía un aroma a Tom Ford Leather. Después de ducharme, lo único que pensé fue en mi cara, que sin ponerme nada, la sentía reseca.

Mientras estaba en el baño, revisé la billetera larga de Louis Vuitton que había sobre la mesita de noche. Por si acaso, también le saqué una foto a su documento con la cámara del móvil. Tenía poco más de cuarenta y su nombre real era Habibi. Como sospechaba, había mentido con la edad. Dinero chino, dólares de Hong Kong, bahts tailandeses y billetes que no conocía. ¿Un trabajo con muchos viajes al exterior? Había algunos billetes de cincuenta mil wones coreanos y estuve a punto de robarlos, pero no lo hice. A veces soy tan inmoral que hasta yo mismo me sorprendo.

Salió del baño con una toalla enrollada a la cintura. Sin haber hecho nada realmente grave (no había robado el dinero), me sentí igualmente culpable y desvié la mirada. Él me observó en silencio, mientras yo estaba encogido, como si fuera un animal salvaje.

—Disculpe, ¿podría decirme qué significa en coreano *jikpeichingsai*?

—¿Perdón? No entiendo.

—Es que estuve oyendo eso todo el tiempo afuera del hotel. Lo gritaban los manifestantes.

—¿Será... *jeokpye cheongsan?**

—Sí. Debe ser eso.

Sin darme cuenta, me reí a carcajadas, tan fuerte que rozaba la descortesía. Me reí durante un buen rato, hasta que me dolió la panza, y justo entonces caí en la cuenta de que hacía muchísimo que no me reía así. ¿Cuándo había sido la última vez que me había reído?

—¿Es una expresión graciosa?

—No, no es eso...

No supe cómo explicarlo en inglés y me quedé callado. Otra vez se instaló entre nosotros un silencio incómodo. Habibi puso cara de estar pensando algo con mucha concentración y, de repente, me preguntó:

—¿Quiere venir conmigo a Bangkok?

La habitación que habíamos reservado con Kyuho tenía cama *king size.*

El Park Hyatt estaba en la etapa final de una remodelación y había hecho una apertura parcial, con algunas instalaciones auxiliares todavía pendientes. Como era de esperarse, no había muchos huéspedes. Kyuho solía entrar en pánico cada vez que se enfrentaba a una situación que implicara elegir, así que yo tomé todas las decisiones: el presupuesto, los pasajes, el hotel y hasta la duración del viaje. De los 1.580.000 wones que costaba el alojamiento,

---

* Erradicar la corrupción estructural, en coreano (N. del T.)

yo pagué 780.000 y Kyuho, 800.000. Para nosotros, en ese momento (y quizás en cualquier otro), era una suma bastante grande. Al pagar con mi tarjeta sentí un ardor en el estómago, pero entonces creía que había razones suficientes para hacerlo. Necesitábamos descansar con urgencia. Apenas llegamos a la habitación del piso 21, tiramos las mochilas al suelo y, sin sacarnos los zapatos siquiera, nos acostamos uno al lado del otro en la cama. Seguíamos cansados por el vuelo, que no había sido corto. Kyuho estiró un brazo y me alisó la arruga del entrecejo. Yo saqué la lengua. La palma de su mano, sin lavar, estaba salada. Nos quedamos acostados mirando los ventanales que nos rodeaban. Más allá del vidrio, se veía una enorme mansión con un jardín amplio. Era tan imponente y estaba cuidada con tanta prolijidad que parecía más un parque temático que la casa de alguien. Después de contemplarla un buen rato, pensamos que lo mejor sería dormir un poco y nos sacamos los zapatos y la ropa. Kyuho se acurrucó contra mi pecho y de su cabeza salió un olor familiar. Seguramente de mí salía un olor parecido. Apreté el botón para cerrar las cortinas. La luz fue desapareciendo poco a poco. Cuando estaba por cerrar los ojos, algo me pareció extraño. Las cortinas no se cerraban del todo y, por una abertura de más o menos un palmo, seguía filtrándose la luz. Me acerqué descalzo a la ventana y comprobé que el riel estaba cortado en el medio.

—Ah, ¿qué es esto? Mira.

—Duérmete.

—No, ven, mira aquí. La cortina no cierra del todo.

—Durmamos un poco.

—Así no se puede dormir.

Llamé a recepción para decir que la cortina estaba rota y Kyuho, con la almohada cubriéndole la cara, murmuró: «Otra vez lo mismo». Subió un técnico, revisó el riel, y enseguida también subió el gerente. Era un francés, un hombre de mediana edad vestido de traje. Con tono amable, dijo que, al estar en etapa de apertura parcial, podía haber algunos detalles sin terminar y que nos cambiarían a una habitación mejor. Le conté eso a Kyuho y esbozó su sonrisa desganada de siempre. El gerente cargó nuestras mochilas, una sobre cada hombro. Su traje impecable y nuestras mochilas gastadas y deslucidas hacían una combinación extraña. Lo seguimos como dos hámsteres. El lugar donde dejó las mochilas era una habitación justo debajo de la terraza. Nos entregó una nueva tarjeta de acceso, confirmó mi nombre y el tipo de habitación (Park Suite King) y Kyuho comentó que ese nombre sonaba al jefe final de un RPG barato. Además, como disculpa, dijo que quería invitarnos a la fiesta de apertura del bar de la terraza, que empezaba a las nueve. Aclaró que las bebidas eran gratis. Yo respondí que iríamos a la hora indicada, esforzándome por parecer una persona bien educada. Apenas se cerró la puerta, nos abrazamos y gritamos. Y no era para menos: la habitación era enorme y espectacular. Saqué del bolsillo delantero de la mochila de Kyuho nuestros pasaportes y el sobre con el dinero que habíamos cambiado. En la tapa de los pasaportes estaba dibujado Pororo, el apodo que yo le había puesto a él porque, cuando se ponía sus anteojos gruesos, los ojos se le volvían diminutos, como puntos. Yo, en cambio, como tengo la cara algo grande y se me notan mucho las fosas nasales, era Crong. Guardé los pasaportes y el sobre con el dinero de Pororo y Crong en la caja de seguridad forrada en tela negra.

Acompañé a Kyuho, que decía que iba a sacar un pasaporte por primera vez en su vida. Así que fuimos juntos a la oficina del distrito de Jongno. Mientras él dudaba sobre cómo escribir su nombre en alfabeto romano, fui yo quien anotó «Q Ho». Kyuho se puso contento, diciendo que así sería fácil de recordar. Me acerqué a su oído y le dije:

—Es la abreviatura de *Queer Homo*.

—¿Quieres morir?

Kyuho era sorprendentemente malo en inglés, pero bastante bueno con las lenguas orientales como el chino o el japonés. Yo era justo lo contrario. Cuando estaba en la secundaria, una vez estudié mucho para un examen de caracteres chinos y aun así saqué treinta puntos. El profesor de *hanja* fue contando por toda la escuela que yo había salido último y durante un tiempo cargué con esa vergüenza. Al mismo tiempo, de tanto ver hasta el hartazgo series como *Friends*, *Will & Grace* y *Sex and the City*, con el inglés tenía bastante facilidad. Kyuho era de una isla y hubo momentos en que llegué a sospechar que alguno de sus parientes podía ser japonés. Lo pensaba porque tenía una dentadura peculiar y esa pronunciación ligeramente escapada era típica de la gente de mandíbula estrecha. A mí siempre me había parecido adorable.

Esa noche armamos un alboroto eligiéndonos la ropa. En la mochila no teníamos gran cosa: unos pantalones cortos que también servían como traje de baño y un par de camisetas de tirantes de seis mil wones que habíamos comprado en H&M. Así que buscamos lo que se viera menos barato. Pensamos que algo con cuello iba a quedar mejor y nos repartimos camisas de distintos colores. Luego teníamos vaqueros y calzado que por suerte no mostraba los dedos de los pies.

Subimos en el ascensor hasta el piso treinta. Se me taparon los oídos y soplé tapándome la nariz para destaparlos.

Cuando se abrieron las puertas del ascensor, vimos una fiesta increíble. Hombres con trajes impecables, pañuelo en el bolsillo y el pelo engominado hacia atrás. Mujeres de vestido con los hombros al descubierto y mucho maquillaje... Un DJ, cuya nacionalidad no pude descifrar, ponía música pasada de moda. Pulseras Cartier y relojes Patek Philippe, collares de Van Cleef & Arpels y zapatos Hermès nos rozaban. Le dijimos al personal que se nos acercó nuestro número de habitación y preguntamos dónde podíamos sentarnos. Nos respondieron que era una fiesta de pie, que podíamos disfrutar desde cualquier lugar. Kyuho se quedó frente a la cabina del DJ, de casi dos pisos, tocando el equipo y los altavoces con curiosidad. Yo lo agarré y me lo llevé hacia las ventanas. Nos sentamos hombro con hombro en un sofá de cuero y miramos el resplandeciente paisaje nocturno de Bangkok. Nos dieron un menú improvisado sin precios y pedimos un cóctel llamado Motorcycle. En el borde del vaso había una especia salada y dulce. La lamí y el alcohol empezó a pasar mucho mejor. ¿Así que algo tan rico era gratis? Un poco exaltados, pedimos todas las bebidas del menú y, gracias a los cócteles a base de whisky, nos emborrachamos en un instante. Algunos sabían herbáceos, otros eran dulces, otros amargos y otros... al final ya no importaba en absoluto qué estábamos bebiendo. Mirándonos las caras coloradas como si estuviéramos a punto de arder y apoyándonos la mano en la frente caliente, volvimos a lamer una y otra vez las especias del borde del vaso. Como si hubiéramos vuelto a la infancia y estuviéramos tomando un helado, nos daba risa vernos lamer esos vasos altos y no podíamos parar de reír. No solo nosotros. Todo el mundo se reía, y cuanto más borrachos estábamos, más aceptable parecía todo. Abrazados, disfrutamos del aire nocturno, del paisaje de Bangkok que se volvía cada vez más borroso, de ese aire caliente y húmedo, de cada instante, como si fuéramos críos de cinco años.

Después de separarme de Kyuho publiqué un libro.

Incluso cuando estaba con Kyuho, seguía escribiendo. Volvía del trabajo, llegaba a casa y me sentaba frente al escritorio dejando los calcetines tirados en cualquier lado. Kyuho regresaba de la academia, recogía mis calcetines en la entrada, los metía en el canasto de la ropa sucia y suspiraba. Cuando me ponía irritable sin motivo, me ofrecía algo dulce. Decía que no había nada mejor que lo dulce para calmarme. Luego se sentaba en la cama, miraba a los ojos al muñeco de Doraemon y decía cosas como esta:

—Eres un gran escritor, ¿no?

Yo me tiraba en la cama diciendo que por su culpa había arruinado todo el trabajo del día. No tenía sentido echarle la culpa. Su dedo anular me alisaba las arrugas profundas del entrecejo. El olor acuoso de sus manos. Le mordía el dedo en broma y él fingía que le dolía. (Puede que de verdad le haya dolido). Cada vez que fracasaba en escribir lo que deseaba, cada vez que tenía la clara sensación de que en el mundo hay cosas que parecen al alcance de la mano, pero a las que no se puede llegar, Kyuho me compraba curri japonés o platos de arroz al estilo occidental.

—¿Por qué comes tan mal?

—Ya lo sabes.

—¿Qué?

—A mí... no me gusta el curri.

En mis novelas, Kyuho murió muchas veces. Bebió pesticida, se ahorcó, tuvo un accidente de tráfico, se cortó las muñecas... Fue un hombre heterosexual, también fue gay. Se convirtió en mujer, en niño, en soldado... En fin, llegó a ser casi todo lo que un ser humano puede ser, y al final siempre muere.

Muerto, pasa a ser el objeto de mi amor, el objeto del recuerdo, el objeto de los sueños, y termina quedándose simplemente como objeto. El Kyuho de mi memoria está siempre completo, congelado en un estado frío y definitivo.

Así, nuestros recuerdos permanecen a salvo, preservados con nobleza detrás del vidrio.

Para siempre, solo nosotros dos.

A veces tenía la sensación de haberlo hecho todo mal y otras sentía que todo era injusto.

Era lo primero que pensaba al despertarme. Solo pensaba cosas caóticas y sin sentido todo el tiempo. No sabía si había empezado a quedar atrapado en esos pensamientos antes de que Kyuho se fuera o después. Miré el reloj y ya había pasado el mediodía, así que no era de mañana.

La noche anterior había ido con Habibi a aquel mismo bar de la terraza. Esta vez estaban abiertos todos los espacios. Nos sentamos en una mesa al borde de la barra al aire libre y pedimos una botella de champán para compartir. En esta ocasión yo vestía camisa y pantalones de algodón. Estaba fresco, así que pedimos una manta para cubrirnos. Habibi se reía al verme, temblando con la manta sobre los hombros, pero incapaz de soltar la copa de champán. Yo también me reía de vez en cuando al mirarlo, pero, como no éramos del mismo país ni de la misma generación, no teníamos prácticamente nada en común. La conversación se cortaba enseguida. Le pregunté cómo había sido su vida universitaria en Estados Unidos. (Por experiencia, no había mejor pregunta para abrirles la conversación a los elitistas). Para mi sorpresa, la respuesta de Habibi fue breve.

—Intensa y solitaria.

—Ah, ¿sí?

Dijo que, por eso, apenas obtuvo la licenciatura en tres años, regresó y se metió a trabajar en un banco de inversión internacional en Hong Kong. (Otra respuesta típica de élite, con una mezcla justa de alarde contenido y autodesprecio).

—Cuando trabajaba en el banco de inversión vivía reprimiendo mis emociones, así que sufría gastritis, migrañas e insomnio por estrés. Y un día llegó la oscuridad.

—¿Cómo?

—Literalmente, oscuridad. Se me iba nublando la vista cada día, así que fui al hospital pero me dijeron que no había ninguna causa. Entonces pasé quince días encerrado en casa. Cuando se apagó la luz de mi vida, fue raro, pero empecé a pensar que no sabía absolutamente nada de mí mismo: qué me gustaba, cómo era mi habitación, qué comía y cómo vivía, qué se supone que hay que hacer cuando uno descansa, qué cosas tenía que ir haciendo para volver a encender la luz... Era la primera vez en mi vida que no tenía indicadores claros ni un camino a seguir, y por eso sentí que caía en un estado de incompetencia absoluta.

—Ya veo.

Nada de lo que me contaba me resultaba incomprensible. Conocía demasiado bien el impacto que el exceso de trabajo, el estrés o una pérdida inesperada pueden tener en la vida de alguien. Lo único que me sonó un poco excesivo, demasiado dramático, fue lo de no poder ver y, como el rumbo inesperado de la conversación me había desconcertado, improvisé otra pregunta a toda prisa. Algo un poco más liviano:

—¿Y allí nunca conoció a ningún hombre?

Habibi esbozó una leve sonrisa y asintió con la cabeza. Luego añadió:

—Dicen que en árabe mi nombre significa «amor».

Parecía que iba a decir algo más, abrió y cerró la boca un par de veces, pero al final solo le dio un largo trago al champán. ¿Habrá conocido a un árabe? Se me vino a la cabeza, sin saber por qué, una textura de vello abundante o de pestañas largas y espesas. De todos modos, ¿habrá salido de la CIA este tipo o qué? Nunca respondía del todo y a cada cosa que le preguntaba siempre dejaba un resto, un eco. Y eso que no daba la impresión de tener ninguna historia particularmente extraordinaria. Mientras pensaba todo eso, me preguntó:

—¿Tu nombre también tiene un significado? Dicen que los nombres de los coreanos siempre tienen.

—«Brillar desde lo alto». Mi papá pagó para que lo eligieran.

—¿Como una estrella?

—*Like a nuclear weapon.*

A pesar de que el chiste era de tan mal gusto que podría haber congelado el ambiente, Habibi soltó una risa ahogada. Bajo la iluminación tenue, su rostro inclinado se veía terriblemente cansado. Me nació el deseo (muy altruista, impropio de mí) de consolarlo de algún modo, pero enseguida llegué a la conclusión objetiva de que ese impulso era autocompasión. Habíamos bebido mucho, así que volvimos a bajar en ascensor. Mientras caminábamos hacia la habitación, miré el pequeño pegote de gomina que se le había formado en la nuca. La habitación en la que nos habíamos alojado con Kyuho, la habitación en la que ahora me alojaba con Habibi.

Me despertó el sonido de un golpe fuerte que venía del baño. ¿Qué habrá sido? Había bebido mucho y me quedé dormido sin desvestirme. Tambaleando, fui al baño de la habitación principal. Cuando abrí la puerta corrediza vi a Habibi abrazado al inodoro. No sabía si había querido vomitar o si se había quedado dormido así, pero la escena era bastante extraña. Por suerte no vi rastros de vómito, aunque el tanque del inodoro tenía una rajadura pequeña. ¿Habrá intentado incorporarse apoyándose en él? ¿Nos cobrarán una reparación exorbitante en el hotel? Aunque, pensándolo bien, quizá para él el precio de un inodoro roto no significara gran cosa. Levanté su cuerpo, empapado como una hoja de repollo mojada, y vi que tenía la cara cubierta de sudor o de lágrimas. ¿Se habrá puesto a llorar ahí y se ha quedado dormido? En el suelo, el teléfono roto dejaba a la vista una conversación con alguien agendado como «Lu». Lu. Podía ser hombre o mujer.

Leí el intercambio, escrito en una mezcla de inglés y chino. No podía estar del todo seguro, pero parecía que alguien de su familia tenía cáncer y le pedía que regresara lo antes posible. Por las palabras que usaban y la forma de escribir los nombres, daba la impresión de que se trataba de una esposa o un esposo de Hong Kong. Así que estaba casado. Con mi espalda maltrecha lo arrastré como pude, ya que no era liviano, y lo acosté en la cama. Verlo tendido en el lugar donde yo había dormido me hizo sentir raro. Todavía tenía puesto el traje, así que lo desvestí. Camisa Hugo Boss, bóxer Burberry, calcetines Missoni. Ah, un gusto tan pero tan típico de un cuarentón salido de la Ivy League. Tan predecible que me dejó sin fuerzas de golpe.

¿Por qué me habrá traído a este lugar?

Al despertarme, vi que Habibi había dejado una nota escrita sobre la mesita de noche. Decía que iba a asistir a una conferencia y que no volvería al hotel hasta bien entrada la noche. En la mesa del comedor había un plato de *room service* a medio comer y cinco mil bahts. No podía ser una propina tan grande para la mucama, así que seguro que era para que los usara yo. Los guardé en el bolsillo y me puse a roer una pata de pollo flaca como si estuviera a dieta. Estaba fría y no tenía gusto. Revisé el recibo que venía en el plato y vi que había costado unos veinte mil wones. Teniendo en cuenta los precios del lugar y la cantidad de carne del pollo, era bastante caro. Me senté en el sofá y me masajeé las piernas. ¿Será que no me circula bien la sangre? Y eso que no soy ningún viejo.

A la tarde nadé un rato en la piscina al aire libre del piso diez. A mi lado, una pareja de blancos chapoteaba sin parar. Tres chinos, de esos que se ven en cualquier lado, estaban tirados en las reposeras. Al pasar cerca, los oí susurrar en su idioma: «Coreano gordo». Habrán pensado que no entendía. Me costó aguantar la risa.

La idea de estudiar chino había sido mía, pero el que terminó el curso hasta el final fue Kyuho. Le costaba tomar decisiones, pero una vez que se decidía por algo tenía una disciplina extraordinaria para sostenerlo con constancia. Nunca llegaba tarde ni faltaba, memorizaba todas las palabras que nos mandaban aprender y escuchaba regularmente los audios de conversación. Me parecía asombroso. ¿Cómo es que siendo tan aplicado había terminado abandonando los estudios? Pensé en preguntárselo, pero podía ser un tema demasiado importante y doloroso, así que no lo hice.

Quién iba a decir que el chino que había aprendido así sin más iba a servirme para algo como esto. Al final, no hay nada inútil en la vida. O, mejor dicho, tal vez porque todo tiene alguna utilidad, en realidad no hay nada útil de verdad en la vida. Me sumergí bajo el agua y me quedé mirando las piernas flacas de los blancos.

Después de nadar, me di una ducha rápida y recorrí tranquilo el Central Embassy Mall, en los pisos inferiores del hotel. Quizá por haber nadado, me dio un poco de hambre. En el segundo piso, entré por impulso a una panadería que no conocía llamada Paul, al lado de la tienda de Prada. Miré el menú, lleno de palabras en francés y en tailandés, y pedí un *latte* y un pan con muchas aceitunas y jalapeños. El pan estaba más picante de lo que esperaba y me ardió la nariz. ¿Dónde estarán los que insisten en que la comida coreana es la más picante de todas? Mientras me sonaba la nariz con una servilleta, le mandé un mensaje a Habibi.

Fui a nadar y almorcé. ¿Va bien el trabajo?

De parte de tu bomba nuclear.

Me respondió enseguida. Decía que la conferencia se estaba alargando y que, además, había recibido una invitación a una cena formal en la embajada británica, así que solo podría volver al hotel muy tarde. Se disculpó varias veces. ¿Por qué se disculpaba? Yo más bien estaba agradecido. Pensé cómo responder y le envié un mensaje que decía: «No pasa nada… es inevitable…». Llené el texto de puntos suspensivos a propósito, para dar la sensación de un tono apenas resentido. Después volví a tomar el *latte* y abrí Tinder. Este había estudiado en la Universidad de Chulalongkorn. Aquel, en Thammasat. Uno había estudiado diseño. Otro era de origen chino. Otro, mestizo. Veintisiete años, cuarenta… empezaron a acumularse los *matches* con desconocidos. Me hubiese gustado que todo eso fuese dinero y me quedé un buen rato mirando hombres que pasaban, hasta que me abatió totalmente el aburrimiento y guardé el teléfono.

¿Y si compro cualquier cosa? Lo que dé el límite de la tarjeta. Salí del café y recorrí otros pisos del *mall*. Pasé por Nike, Saint Laurent, Coffee Bean, Vivienne Westwood, Zara, Roberto Cavalli, Versace, pero no había nada que quisiera comprar, y aunque subiera por las escaleras mecánicas, no encontraba un solo objeto que valiera la pena. Así, dándome golpecitos en las rodillas, cuando llegué a los últimos pisos descubrí de pronto un cartel familiar.

Clínica de Cirugía Plástica Wonjin (Wonjin Beauty Medical Group).

«Mira, aquí podrías ahogar tus penas», había dicho Kyuho entonces. ¿Qué le respondí yo? ¿Lo habré insultado, como siempre? ¿Le habré manoseado el pito disimulando, como siempre? ¿Y así volvimos a pelearnos en broma? Puede que sí, puede que no. Últimamente no podía confiar para nada en mis recuerdos.

Si aquí doblaba a la derecha y giraba la cabeza, probablemente estarían...

La tienda de lentes de contacto descartables y la joyería.

El año pasado, por esta misma época, entramos en la misma tienda de lentes de contacto. La noche anterior habíamos bailado hasta el amanecer en un club y Kyuho, entusiasmado, sacudió tanto la cabeza que perdió uno de los lentes. Como tenía bastante mala vista, nos dijeron que entre el *stock* disponible había muy pocos pares con la graduación adecuada. Para colmo, eran lentes de color descartables con un círculo negro demasiado grueso. «¿Qué hago?», preguntó. Dijo que antes de usar las gafas que le achicaban los ojos como granos de arroz, prefería ponerse lentes así. Si pagábamos en efectivo nos hacían un descuento del quince por ciento, así que revisamos la billetera, pero no nos alcanzaban los bahts. Nos quedaba algo de dinero en wones y buscando una casa de cambio cerca encontramos una entrada de blog que decía que en la joyería del mismo piso cambiaban a buen precio. Fui a cambiar los wones, pero me quedé hipnotizado con una chaqueta de nailon puesta sobre un maniquí de Zara. Entré al local y la compré. Cuando llegué a la tienda de lentes, no pude esconder la risa. Kyuho ya había abierto el paquete y se los había puesto. El iris negro, que en general quedaba medio oculto bajo los párpados y le daba un aire somnoliento, se había agrandado tanto que parecía un drogadicto o un detective de manga japonés con orejas de conejo. Parpadeó con esos ojos brillantes y me empezó a reprochar cosas.

—¿Por qué tardaste tanto? ¿Te haría gracia si me muriera esperándote?

—Perdón. Es tan gracioso que no puedo ni hablar. Hola, Usami.

—¡Kumakichi! ¿Y ahora qué has comprado?

Saqué la chaqueta de nailon de la bolsa de compras y se la mostré. Kyuho suspiró. Con el dinero que acababa de cambiar pagué los lentes. Guardó la caja en la riñonera que llevaba siempre (tanto en Corea como en Tailandia). Con sus ojos el doble de grandes y brillantes, salimos del Central Embassy Mall y marcamos en Google Maps la dirección de la farmacia que él había buscado con antelación. En tren aéreo desde el hotel, quedaba a poco más de veinte minutos.

Cuando bajamos en la estación de la farmacia, yo busqué el camino porque Kyuho no tenía ningún sentido de la orientación. Por suerte, no estaba en un lugar apartado sino sobre una gran avenida. El interior del local tampoco era muy distinto al de otras farmacias. Le mostré al farmacéutico una foto del medicamento genérico que había buscado en internet. El hombre, que no sabía si era farmacéutico o empleado, nos trajo un frasco y nos explicó en inglés cómo tomarlo. Dijo que con solo tomar una pastilla al día, siempre a la misma hora, se prevenía la enfermedad de manera perfecta. ¿Perfecta? ¿Cómo podía estar tan seguro? También añadió que, tomando dos pastillas antes de una relación sexual dudosa y luego una cada veinticuatro horas, dos veces más, alcanzaba para evitar el contagio. Mientras anotaba las indicaciones en el móvil, pensé en lo que habría sido distinto si yo, siete años atrás, hubiera sabido estas cosas.

¿Estaría viviendo ahora una vida muy diferente? ¿Cómo sería esa vida? ¿Sería mejor, peor o bastante parecida a la actual...? Así estuve, hasta que dejé de pensar.

Compramos tres frascos de medicamentos genéricos y una caja de Kamagra líquida. No llegaba a doscientos mil wones y, como nos hacían un descuento del diez por ciento pagando en efectivo, así lo hicimos. Sentí que en un solo día había gastado demasiado dinero, así que volvimos rápido al hotel. Mezclamos vodka del *duty free* con zumo de calamansi que habíamos comprado en la tienda de conveniencia y nos quedamos tirados junto a la piscina hasta que cayó el sol.

A la mañana siguiente, cuando nos levantamos, nos reímos al vernos las caras hinchadas. Debía de ser porque nos habíamos terminado una botella de vodka entre los dos y no paramos de comer *snacks* salados. Kyuho apareció con los ojos medio cerrados, trayendo pastillas y agua. Se puso en la boca dos comprimidos que yo no conocía y en la mía uno de esos que conocía bastante bien.

—Kylie también está de vacaciones.

—Sí.

Nos cepillamos los dientes uno al lado del otro frente al espejo, nos duchamos juntos en la amplia bañera y salimos enseguida del hotel. Si nos quedábamos dando vueltas, seguro que nos volvíamos a dormir. Empezamos a caminar sin rumbo.

—¿A dónde vamos?

Kyuho dijo que quería ver el mar. Después de haber vivido más de veinte años junto a la costa, ¿todavía le quedaba mar por ver? ¿No es todo el mismo mar? Pensé algo así y le respondí:

—El mar queda lejísimos.

—¿Por qué? Estamos en Tailandia. ¿No es todo mar?

—En islas como Phuket o Koh Samui, tal vez. Esto es Bangkok. Es como Seúl. Para llegar al mar hay que viajar bastante.

—Así que Bangkok también es tierra firme.

La primera vez en mi vida que escuché a alguien decir en voz alta «tierra firme» fue a Kyuho. Cuando recién empezábamos a salir y le pregunté por qué había venido a Seúl, me respondió así:

—Mi deseo era venir a tierra firme.

Tierra firme, deseo. Esa forma de decirlo, que sonaba a generación de posguerra y, raro, también a desertor norcoreano, me dejó un poco aturdido. Y sin darme cuenta, me eché a reír a carcajadas.

—¿Por qué te ríes?

—Nada, tu dialecto es gracioso.

—No te rías.

—Perdón. Entonces, ¿cuál es tu deseo ahora?

—¿Mi deseo...? No sé. Ganar mucho dinero. Y...

—¿Y?

—Caminar así, contigo, por la calle de madrugada.

—Ugh...

Me rasqué el brazo de manera exagerada y, como al pasar, lo enganché con el de Kyuho. En circunstancias normales ni lo habría intentado, pero si era un deseo, no era pedir demasiado. Y la intersección de Ihwa a esa hora, incluso con la neblina espesa de la contaminación, tenía un aire casi nostálgico. Caminamos hasta casa con la sensación de estar en una distopía donde todo se había ido a pique y solo quedábamos nosotros dos. Quizá porque habíamos bebido demasiado rápido, con cada paso sentía que el alcohol se me iba pasando, pero no importaba, porque estaba con Kyuho. Porque dentro de poco entraríamos en ese cuarto miserable, orinaríamos con olor a alcohol en un inodoro que no drenaba bien, luego nos desvestiríamos, nos ducharíamos y nos quedaríamos piel con piel, con el ventilador encendido. Porque solo quedaríamos nosotros dos.

Me pareció increíble que ya hubieran pasado dos años desde que empezamos a salir. Tal vez por una nostalgia que no se justificaba por esa emoción inicial, le toqué de pasada el codo. Desde que habíamos llegado a Tailandia, ese era el límite del contacto físico que Kyuho me permitía al aire libre, con la excusa del calor. Como siempre, tenía el codo duro y seco. Me miró de reojo con sus pupilas brillantes y preguntó:

—¿Y ahora qué hacemos?

—¿En vez del mar, quieres ir a ver un río? Acá también hay un río enorme, como el Han. En taxi estamos en veinte minutos del Chao Phraya. Desde ahí, si tomamos un barco, llegamos directo a Khao San Road.

—Vale. Escuché hablar mucho sobre Khao San Road. Vamos.

Tomamos un taxi directo al muelle y subimos a un taxi acuático que llegó echando humo negro. Pagamos unos setecientos wones. Se ve que el fluvial era un medio de transporte público bastante importante. Estudiantes y montones de oficinistas se apiñaron para subir. Nosotros nos sentamos hombro con hombro con ganas de turistear en unas sillas de plástico naranja demasiado pequeñas para nuestro cuerpo. Cuando arrancó la embarcación, se movía más de lo que había esperado y empezó a avanzar lentamente, como quejándose. No habían pasado ni cinco minutos desde que estaba remontando el río cuando las nubes oscurecieron el cielo.

—¿Por qué llueve? Dijiste que era la estación seca.

—Es la estación de lluvias tardía.

—¿Entonces no es lo mismo que la estación seca?

—Aunque sea tardía, sigue siendo estación de lluvias.

—Mira eso.

Las nubes se acercaban hacia nosotros a gran velocidad y en cuestión de segundos el barco quedó bajo su influencia. Empezó a soplar viento y cayó una llovizna fina. A diferencia de nosotros, los demás pasajeros parecían bastante acostumbrados a la situación y se levantaban para bajar los toldos de plástico que colgaban de los bordes. Los imitamos y desenrollamos el nuestro. Apenas lo terminamos de bajar se desató una tormenta tremenda. El motor rugía con fuerza, pero el barco no parecía tener la menor intención de avanzar. Empezaron los truenos y una lluvia espesa, casi con granizo, golpeó el techo de la embarcación. El agua se filtraba entre los pliegues del toldo y el interior se iba empañando. Aferrados a las rodillas del otro, resistimos el vaivén del barco. Al apoyar la mano sobre la rodilla caliente de Kyuho, sentí, extraño, un cansancio placentero. Aunque la embarcación se sacudía, no estaba inquieto. Dejé la mano ahí, inmóvil, hasta que su rodilla quedó empapada de sudor. Dijo que la tenía muy caliente y apoyó mi mano sobre su palma fría. Pasamos dos o tres muelles y todos los pasajeros se fueron bajando. La lluvia no cesó ni siquiera cuando nuestras manos sudadas se deslizaron hacia la baranda fría. Habíamos pensado bajarnos en cualquier muelle y tomar un taxi cuando parara de llover, pero ese plan se vino abajo. Al haber menos gente, el barco se sacudía todavía más. Kyuho dijo que se estaba mareando. Cuando llegamos al siguiente muelle, bajamos del barco enseguida.

—Ahí tienes tu querida tierra firme.

—Uf, casi me mata el mareo.

Esperamos un rato bajo el alero del muelle a ver si la lluvia aflojaba, pero no hubo caso. No era una lluvia pasajera, parecía un chaparrón tropical. Alrededor no se veía ni una tienda, ni gente, ni nada.

—Kyuho, ¿qué hacemos ahora?

Él me arrebató el móvil y lo guardó con el suyo en la riñonera roja que llevaba apretada bajo la axila. Después me agarró la mano con fuerza. Empezamos a correr bajo la lluvia. En menos de treinta segundos estábamos empapados de pies a cabeza. Pensé en comprar aunque fuera un paraguas en una tienda de conveniencia, pero no se veía ni un solo cartel. Cuando me comenzó a faltar el aire y me dolían las plantas de los pies, pensé: *¿Qué estamos haciendo?* Le dije que camináramos más despacio, pero no sé si no me oyó o si decidió ignorarme, porque siguió tironeándome del brazo. Ya no aguanté más y le grité que fuéramos despacio. Se dio vuelta con los ojos enormes y asustados, como los de un conejo. Debería haber sonreído, pero me quedé duro. Silencio. De repente, se tiró al suelo.

—¿Qué haces?

—¿Qué voy a hacer? Estoy cansado, me acuesto.

—¿En la calle?

—Cuando era chico, vivía en Seogwipo y hacía esto todo el tiempo.

—¿Te acostabas en la acera?

—Sí. Me pasaba el día entero así, tirado en la carretera al lado del mar.

—Estás loco. Es un milagro que no te hayas muerto. ¿Por qué hacías algo tan peligroso?

—Porque me gustaba estar así. Era fresco. Cómodo. Y cuando abría los ojos, el cielo estaba ahí mismo, como si me cubriera entero.

—¿Ahora escribes poesía o qué? Vamos, levántate.

En el momento en que le agarré la mano, me tironeó hacia él. Perdí el equilibrio y me senté en el suelo.

—Acuéstate tú también.

Por un instante pensé que se había vuelto loco, pero al ver su expresión, más serena que la de nadie, sentí cómo la tensión se me aflojaba. Total, ya estábamos empapados. Me acosté a su lado en la calle. La lluvia me golpeaba los ojos sin parar, así que los entrecerré y miré el cielo. Tenía una textura revuelta, como si alguien hubiera volcado agua por accidente sobre una hoja de papel. Sentí como si los dos estuviéramos tapados con una manta sucia. Con los ojos cerrados, me dijo:

—Ahora mismo estoy muy bien.

—Tengo hasta los calzoncillos empapados, ¿qué hay de bueno en esto?

—Que estemos aquí, así. Eso es lo que me gusta.

Habibi regresó muy tarde. Al abrir la puerta vi que traía una bolsa de compras. En su rostro, habitualmente apagado, había un toque de color, como si hubiera bebido en la cena. Hacía apenas dos días que estábamos juntos, pero me daba una extraña sensación familiar. Tal vez, porque tenía un hogar de verdad, estaba acostumbrado a echar raíces y florecer siempre, con quien fuera y donde fuera. Abrí la bolsa y vi el logo de la panadería del Hotel Oriental. Dijo que me había visto comer *macarons* muy contento y que los había comprado para mí. A mí no me gustaban las cosas dulces. Le gustaban a Kyuho. De tanto acompañarlo de acá para allá comiendo postres, terminé volviéndome adicto a los carbohidratos y también empecé a buscar golosinas. Me puso en la boca un *macaron* rosado. Solo me comí la mitad y lo dejé sobre la mesa de luz. Era demasiado dulce para mí. Cuando estaba con Habibi, a veces me sentía como un niño muy pequeño y otras, como si me hubiera convertido en un padre sin querer. Bajándose los pantalones, empezó a hablarme (a mí no me interesaba para nada) de su día: que la enorme mansión frente al hotel no era privada, sino la residencia de la embajada británica; que en su hermoso jardín de estilo inglés habían dispuesto mesas y había cenado con funcionarios británicos y tailandeses; que había comido *steak*, langosta y ravioles de vieira; que esa noche habría fuegos artificiales en Bangkok para celebrar la paz y la armonía entre ambos países y que por eso había elegido una habitación desde la que se viesen bien. Se acercó en calzoncillos a la ventana y, señalando hacia un punto tan lejano que era imposible de ver, dijo:

—Esta noche veremos los fuegos artificiales más hermosos del mundo.

Fuegos artificiales son fuegos artificiales. ¿Qué es eso de los más hermosos del mundo? ¿Querrá decir los más caros? ¿Y a mí qué?

—Harán tanto ruido que no vamos a poder dormir. Los van a tirar en la calle de la embajada, justo enfrente.

De pronto no pude soportar más. Sin responderle, entré al baño y me puse a llenar la bañera con agua caliente. Antes de que se terminara de llenar, metí la cabeza. Abrí los ojos bajo el agua y solo vi sombras que ondulaban en la superficie. En medio del silencio, lo único que se oía era el goteo y eso me gustó. Ojalá pudiera quedarme así, quieto, y que todo se detuviera.

Aguanté la respiración hasta donde pude y levanté la cabeza. «¿En tu vida pasada fuiste un pez o qué?».

Eso era lo que me decía Kyuho, porque fuera a un motel o a cualquier lado, si había bañera siempre la llenaba y me metía. Alguien ya habrá cagado y meado todo ahí. Cuando le decía que se metiera conmigo, se negaba diciendo que era como meterse en una cloaca. Yo dejaba correr el agua hasta que la bañera se llenaba y me hundía hasta la coronilla. Si metía la cabeza, las rodillas quedaban afuera. Si metía las rodillas, se volvía a asomar la cabeza. Al final, nunca lograba sumergirme del todo. Pensaba que cuando ganara mucho dinero, me compraría una bañera tan grande como una piscina.

Eché entero el frasco de gel de ducha Le Labo que nos daban de cortesía en el hotel y abrí el grifo al máximo. La espuma empezó a crecer como crema batida. Cerré los ojos pensando que querría asfixiarme en esa espuma que subía.

Ese día, el lugar donde se detuvieron nuestros pasos fue en una *guest house* desconocida.

En general, en Bangkok bastaba con levantar la mano para que los taxis frenaran al instante, como en las pelis, pero esa vez pasaron todos de largo. Cuando la lluvia se hizo más intensa todavía y el agua ya nos llegaba a los tobillos, ni siquiera se los veía bien. Vagamos de la mano como en un laberinto entre las casas, esperando que apareciera aunque fuera un sitio donde poder sentarnos. Entonces vimos un cartel: GUEST HOUSE. Entramos a toda prisa.

Nos dijeron que una habitación con ventilador de techo (sin aire acondicionado) y baño compartido costaba unos cincuenta mil wones. Comparando los precios locales y el estado del edificio, daba toda la impresión de que nos estaban estafando. Pero no estábamos en condiciones de elegir. Cuando entramos, comenzamos a reírnos como locos. Tenía solo un colchón en el suelo y no había más espacio. Más que una habitación, parecía un ataúd. Nos turnamos para ducharnos con agua tibia en el «baño compartido» (una habitación con mangueras), después tiramos sobre el colchón los dos toallones que nos habían dado en recepción y nos acostamos uno al lado del otro. En el techo giraba un enorme ventilador metálico que traqueteaba sin parar. Le dije a Kyuho una tontería, algo así como que si eso se caía íbamos a quedar hechos carne picada, ¿no?, y me siguió el juego diciendo que nos convirtiéramos juntos en una hamburguesa, mientras estiraba el brazo hacia mí. Su brazo, un poco más corto de lo normal, no encajaba del todo bien con mi cabeza, un poco más grande de lo habitual, pero nos quedamos quietos, fingiendo que no pasaba nada, usando el brazo de almohada. Y, sin decirnos nada, empezamos a besarnos. Nuestros cuerpos húmedos se superpusieron y Kyuho se montó encima mío.

—¿Tienes?

Solo teníamos dos sobres de gel lubricante, viejos y arrugados. No quedaba ningún preservativo. Los habíamos usado todos.

—¿Qué hacemos? ¿Estará bien?

Al ver su expresión preocupada, abrí con los dientes los dos sobres de gel.

Tuvimos sexo. Por primera vez en dos años de relación, sexo sin preservativo.

Mientras me aplastaba con su cuerpo, sentí su peso. Su temperatura, su respiración, sus ojos grandes y negros, todo de él. Algo que había sido parte de su cuerpo fluyó hacia mí y se convirtió en mí.

Cuando acabó, cerré los ojos. Al volver a abrirlos, el entorno estaba en penumbra. No sabía si era de tarde, de noche o de madrugada. Era imposible distinguir el tiempo. Lo único claro era que la lluvia había parado. Giré la cabeza y vi frente a mí su rostro dormido. Lo miré un largo rato. Secando el sudor que se le había acumulado en la nariz, observando el enorme ventilador de techo que seguía girando con violencia, pensé que ojalá todo esto pudiera quedarse así, detenido para siempre.

Siempre me parecía que, con solo estirar la mano, podría tocar esa nariz.

Pero no era más que una ilusión. Ante mis ojos lo único que veía eran mis manos hinchadas. Al engordar, hasta los dedos y las uñas se me habían puesto feos. También debería corregir la costumbre de dormir en cualquier parte. Salí del baño y vi que eran apenas las cuatro de la madrugada pasadas. ¿Y aquella promesa de ver los fuegos artificiales más hermosos del mundo? Habibi dormía profundamente, como si nada. ¿Cuándo se habría dormido? ¿Habría estado tan borracho que me había dejado solo en la bañera? Tal vez se había dormido después de ver los fuegos artificiales solo, aunque, no sé por qué, me parecía poco probable. Le aparté el pelo de la cara mientras dormía. Cabellos con canas en algunas partes. Las arrugas de la frente bajo la luz de la lámpara se veían aún más marcadas.

¿Por qué me había convocado a este lugar? ¿Solo quería que hubiera alguien esperándolo en la habitación? ¿Necesitaba a cualquiera que le ofreciera una voz, aunque fuera en un idioma incomprensible, que encendiera las luces y desordenara el cuarto? ¿Porque viajaba mucho por trabajo y conocía el frío de apoyar la cabeza en una almohada vacía, la aspereza casi cortante de las sábanas? Tal vez por todo eso.

¿Y yo por qué estaba aquí ahora? Incapaz de comprender mi propio corazón, me quedé mirando en silencio el móvil de Habibi tirado en el suelo.

No sabía si había habido fuegos artificiales o no. Parecía que todo había pasado mientras me dormí un instante. Desde hacía tiempo, los días se habían vuelto borrosos.

Bajé un poco la intensidad de la luz y salí de la habitación. Al cerrar la puerta, ya no podía recordar el rostro de Habibi.

En el primer día del nuevo año, fuimos a pasear a Wolmido. Después de comer salchichas con una masa de harina muy gruesa, nos subimos al barco vikingo, que se sacudía como si fuera a romperse la barra de seguridad. Gritamos compitiendo entre nosotros y en apenas diez segundos nos quedamos afónicos. Salimos de una cabina de karaoke callejera pegada al parque de diversiones, después de cantar unas diez canciones: baladas de ruptura y temas de *idols* excesivamente alegres. Ya estaba a punto de amanecer. Caminamos hacia la costa para ver la salida del sol. A pesar de nuestras chaquetas acolchadas, hacía frío. Metí la mano bajo la axila de Kyuho.

—¿Qué estás haciendo, Kumakichi? —dijo, riéndose.

Lo abracé por detrás. Convertidos en un solo cuerpo, empezamos a avanzar torpemente, arrastrando los pies. Había gente reunida en la playa. Sintiendo en las mejillas el viento marino que soplaba con fuerza, pensé si el lugar donde vivió Kyuho de niño habría sido así.

Vimos a varias personas cerca del rompeolas y nos acercamos también. Una mujer de aspecto dócil, con los labios pintados de rojo y el pelo recogido, repartía linternas voladoras y marcadores. A nosotros también nos dio una plegada y nos dijo que, si escribíamos un deseo, le prendería fuego para que volara. Kyuho me susurró en voz baja.

—Debe ser china.

Asentí.

La mujer añadió:

—En China existe la costumbre, el primer día del año nuevo, de escribir un deseo en un farol y soltarlo.

Desplegamos el farol en el suelo y nos pusimos a escribir nuestros deseos. Kyuho parecía tenerlos claros: el amor eterno de Kumakichi y Usami, ganar la lotería, conquistar el universo… Yo dudé un momento sobre qué escribir y, al final, anoté cualquier cosa que se me ocurrió, igual que Kyuho.

Cuando terminamos, se lo entregamos a la mujer. Ella desplegó la parte inferior, donde estaba el alambre y le colocó una pequeña vela. Yo le di un chocolate Minichell que tenía en el bolsillo y sonrió radiante como si nunca le hubiese pasado nada triste en la vida. Varios faroles se elevaron al mismo tiempo. Gritamos y miramos cómo flotaban lentamente hacia el cielo.

Todos tenían cara de felicidad. Como si los deseos ya se hubieran cumplido.

Salí del hotel y empecé a caminar por cualquier calle. Aunque todavía no había clareado del todo, ya había gente con traje que iba camino al trabajo. Mi espalda, en épocas de cierre, seguramente se habrá parecido a la de ellos: un hombre de traje, sentado en una cafetería frente a la empresa antes de que saliera el sol, encorvado, escribiendo y corrigiendo algo desesperado.

No sabía si había llovido, pero el aire olía a polvo húmedo. Tras caminar unos diez minutos, entré en una tienda de conveniencia. No tenía hambre pero quería comprar algo, lo que fuera. Compré unas galletas de algas con fotos de *idols* coreanos y dos botellas de leche de fresa que estaban en promoción dos por uno. Con la bolsa de plástico en la mano, seguí caminando sin rumbo fijo. Cuando pasé un muro apareció un callejón tan estrecho que apenas dejaba pasar a una persona. Al entrar vi, en medio del camino, una alcantarilla por la que se veía a las ratas que iban de un lado a otro. Tratando de no mirar hacia abajo, seguí avanzando y pronto aparecieron a ambos lados puertas corredizas de metal. Tenían paneles de vidrio, como las de los viejos almacenes o fábricas. Al dar unos pasos más me di cuenta de que no eran locales, sino casas donde vivía gente. Las viviendas, alineadas a ambos lados del callejón, tenían las puertas abiertas de par en par, sin mosquiteros, y se podía ver con claridad el interior: las cosas y las personas. Pensé que debían entrar insectos sin parar. Movido por la curiosidad, aunque sabía que era una indiscreción, me asomé. A la gente no parecía importarle mi presencia. Había alguien lavándose la cara en una palangana, otra persona lavando verduras al lado, un anciano sentado en el suelo pelando mazorcas mecánicamente y una mujer frente al tocador secándose el pelo con frenesí. Al final del callejón, en otra casa con la puerta abierta, había un colchón viejo en medio del suelo. Dos niños de cuatro o cinco años saltaban sin parar sobre él. Cada vez que se oía el chirrido de los resortes, un gato de ojos blancuzcos se estremecía. Iba a levantarse polvo. Sin darme cuenta, me detuve. Aunque no podían alcanzar el techo, estiraban los brazos hacia arriba y saltaban con todas sus fuerzas. Entonces recordé algo que Kyuho me había dicho una vez:

—Quiero saltar en una elástica.

—¿Un inflable?

—¿En tu barrio le dicen «inflable»?

—Sí. ¿En Jeju le dicen «elástica»?

—No sé si en todos lados, pero en mi barrio sí.

—Últimamente no sé a dónde fueron a parar todos esos juegos.

Sin darme cuenta, me había agachado en el porche de la casa. El gato huyó a un rincón. Los chicos notaron mi presencia y dejaron de saltar. El más pequeño se escondió detrás del mayor. Abrí la bolsa de plástico y saqué las dos botellas de leche de fresa. Destapé una y bebí un sorbo, luego extendí la otra hacia ellos. No se acercaron. Sonreí y dejé la botella en el suelo. Me miraban beber la leche totalmente asombrados. Cuando terminé, les pregunté si habían visto los fuegos artificiales la noche anterior. Parecía que no entendían. Les pregunté dónde estaban su mamá y su papá, pero tampoco respondieron.

—¿Se han ido todos y os habéis quedados los dos solos?

Al murmurar eso que ni yo había entendido, me empezó a picar la nariz. Pensé que debía de ser una señal de envejecimiento. Para evitar que se me cayeran las lágrimas, incliné la cabeza hacia atrás. Una gota de agua colgaba del alero, a punto de caer. ¿Habría llovido anoche? ¿Por eso se habían cancelado los fuegos artificiales? Incluso en la estación de lluvias tardía llueve, y aun cuando todo llegó demasiado tarde, las lágrimas siguen cayendo.

Después de separarme de Kyuho, empecé a tener pesadillas frecuentes. En los sueños, él aparecía riendo y charlando conmigo, diciéndome que me amaba. Incluso dentro del sueño, sé que no es Kyuho. Cuando me acerco, escucho su respiración, y, cuando lo abrazo por los hombros, desaparece. Se deshace y se dispersa como arena, se derrama negro como aguas residuales. Yo solo puedo quedarme quieto, a unos pasos de distancia. Mirándolo, escuchando su voz, deseando que ese tiempo se prolongue para siempre. Después de soñar así, me despierto empapado en sudor. Siento que me voy rompiendo un poco cada día. Estoy seguro de que me quiebro y me disperso del mismo modo que el Kyuho que vive en mis recuerdos. Me es casi imposible desprenderme de esa certeza.

A veces él también es sinónimo de amor. Demostrar la existencia de Kyuho, hablar de la realidad de Kyuho, es también un proceso de demostrar la existencia y la realidad del amor.

Creo que, hasta ahora, a través de la escritura, he intentado una y otra vez probar que, para mí, Kyuho, nuestra relación, eran algo especial de nosotros dos solos, algo en lo que nadie podía irrumpir. Algo auténtico, de pureza absoluta. Creé y superpuse a Kyuho de todas las maneras posibles, tratando de mostrar por completo nuestra relación, nuestro tiempo compartido, pero cuanto más me esfuerzo, más me alejo de su existencia y de las emociones que tenía entonces. Al final se vuelve todo algo difuso, separado de la verdad. El Kyuho ficticio de mis novelas muere, es herido una y otra vez y permanece como una forma perfecta del amor, pero el Kyuho real respira y sigue caminando, una y otra vez, por su propia vida. Cuanto más se agranda esa distancia, más insoportable se me hace. Después de tanto tiempo de insistir y esforzarme sin descanso, me queda cada vez más claro que no ha quedado nada en mi cuerpo, en mi mente ni en mi vida cotidiana. Se dispersan todas las palabras vacías, sin sentido, y solo quedo yo, escribiendo. Un mundo en el que yo, con los hombros encorvados y un surco profundo entre las cejas, lo único que oigo es mi propia respiración.

El farol que soltamos aquel día no logró elevarse demasiado. Cuando superó el rompeolas, se prendió fuego. Soltando humo negro, se agitó y enseguida cayó al mar abierto. Algunos de los que nos rodeaban se rieron. La mujer del lápiz labial rojo, con su sonrisa radiante de siempre, dijo que tal vez el farol tenía un agujero en alguna parte. Miré los de los demás, que volaban lejos, mientras que el nuestro debía de estar hundido en algún punto del mar. Me quedé así un buen rato. Mientras tanto, la gente empezó a irse, cada uno por su lado. Kyuho también me dio la espalda y se alejó, pero yo no podía moverme. No podía creer que todo hubiera desaparecido.

Había corregido varias veces la frase que iba a escribir en el farol: bajar de peso, salir sorteado en un plan de vivienda, un Porsche Cayenne, que mi primer libro fuera un éxito… Nada me parecía un deseo verdadero, así que lo taché todo. Supongo que por eso el farol terminó agujereándose.

Al final dejé solo dos sílabas escritas en el farol: Kyuho. Ese era mi deseo.

Geografía *queer*
de la melancolía
Kang Ji-hee

CAPÍTULO UNO
La cama y Gwanghwamun

La obra de 1998 *Mi cama*, que le dio fama internacional a Tracey Emin, es una pieza imposible de olvidar una vez que se la ve. Sobre su cama, trasladada a la sala de exposiciones, hay edredones y sábanas desordenados, almohadas sudadas y manchadas. Alrededor, se amontonan colillas de cigarrillo y botellas vacías de alcohol, ropa interior sucia, tiritas, un perro de peluche, pedazos de papel higiénico, píldoras anticonceptivas usadas, un test de embarazo y preservativos empapados en sangre. Esa cama exhibe de manera descarnada el tema sexual, pero un espectador sensible podrá leer allí no solo placer, sino también dolor de cabeza, resaca, depresión, alcoholismo, soledad y ansiedad. La cama se convierte en un objeto de confesión apasionada porque da testimonio vívido de la soledad que llega tras el derrumbe de cualquier instante de placer, de la enfermedad y de la muerte, de esos momentos oscuros que se atraviesan en soledad.

Si hubiera que elegir un objeto capaz de resumir con rapidez y precisión el segundo libro de Park Sang Young, *Amor en la gran ciudad*, ese objeto sería, sin duda, la cama. En los momentos de afecto íntimo con su pareja; cuando soporta, impotente, el dolor físico; para rumiar que al final quedó solo; a la hora de abandonar la cama; e incluso cuando se sumerge en la bañera, no en la cama, yacer horizontal es siempre el centro del universo del autor. En este libro, la cama siempre evoca los tiempos en que ardía de pasión junto a un otro, pero termina siendo la única, la verdadera compañera del protagonista cuando le toca resistir en soledad. Tal como en la aguda caracterización de su primer libro de cuentos, *Lágrimas de un artista desconocido o Pasta Zaytun* (Munhakdongne, 2018), «la aparición de un nuevo tipo humano: el *queer* que bromea» (Kim Geonhyeong), los personajes de Park Sang Young lloran, pero enseguida miran de frente su propia lástima y la transforman en risa. Esa actitud que, en lugar de empaparse en la tristeza, «orina que no logra estancarse en ninguna parte» («un breve chiste sobre viagra china falsificada y, jeje, una orina que no se estanca en ninguna parte»), rebota ligera contra la gravedad de la realidad, también aparece en este segundo libro. Sin embargo, en este volumen que le queda a todo lector que haya estado en un lugar para luego irse, al final no se produce ese giro emocional vertical y ligero. Las emociones ruedan sucesivamente hacia un lugar más bajo. El protagonista confirma que esa época que creyó eterna se terminó cuando, de una bolsa de arándanos, «solo cayó un pedazo de hielo violeta». Observa cómo los papeles que rasgó diciendo que no podía comprender ni perdonar «trazaron remolinos y fueron absorbidos por el agujero negro» del inodoro (pág. 132). El duelo de la separación es largo y en la tristeza húmeda de una «estación de lluvias tardía», sumergido en la bañera, evoca el recuerdo del farol flotante que no llegó a elevarse del todo y «se agitó y enseguida cayó al mar abierto» (pág. 227). En un campo semántico de caída más que de ascenso, los personajes solitarios yacen en la cama, melancólicos, y hasta que les venga el sueño, va a pasar bastante tiempo. Pero estas melancolías en la cama deben leerse como algo colectivo. ¿A qué relaciones se les permite el placer sexual? ¿Quiénes pasan más tiempo, y más seguido, en la cama con dolor? La cama, que en el imaginario es del ámbito privado, en realidad es uno de los espacios más políticos que existen. ¿Y si trasladáramos esta cama a Gwanghwamun, en Seúl, en junio de 2019? El 1 de junio de 2019, en el Ayuntamiento se vio un espectáculo singular en el que se congregaron grupos con posturas radicalmente opuestas. Se celebraron al mismo tiempo el Festival de Empatía y Solidaridad con las Personas con Discapacidad de la ciudad, la manifestación con banderas del Partido Patriota de Corea, el Festival Cultural *Queer* y la marcha conservadora en contra del último. El violeta del foro por los derechos de los discapacitados con el que uno se encontraba antes de llegar al Festival Cultural *Queer* lleno de arcoíris, el rojo y el azul de las banderas coreanas y estadounidenses en la concentración nacionalista y el rosa del «amor» que enarbolaban los grupos cristianos condensaban la «geografía *queer*» de la megalópolis que es Seúl. ¿De qué color está cubierta tu cama? ¿Está permitida tu cama en este lugar? En este momento, tu cama está colocada en medio de la plaza, y la lucha entre quienes intentan arrebatártela y quienes intentan defenderla hoy está más encarnizada que nunca.

Amor en la gran ciudad abarca transversalmente cuestiones de discapacidad y patologización, conservadurismo y progresismo, nación, ideología y religión, trazando una geografía *queer* que muestra cómo operan la permisividad y la exclusión de las existencias *queer* en los espacios públicos de Seúl. En el contexto que inspiró a Park Sang Young a escribir el relato de su primer libro, *Lágrimas de un artista desconocido o Pasta Zaytun*, ya era consciente del lugar del sujeto *queer* en un mapa global que articulaba Nueva York, Irak y Corea. Esas condiciones geopolíticas crueles se ven con mayor minuciosidad en este segundo volumen. La historia recorre Itaewon, Jongno, Daehak-ro, Sinsa-dong, Incheon y la isla de Jeju en Corea, y se expande hacia Tokio, Bangkok y Shanghái. Cada configuración local de lo *queer* genera un entramado complejo, no solo por la orientación sexual, sino también por la edad, la clase y el estado del cuerpo. Se va delineando una geografía *queer* de Asia Oriental. En el humor del desamparo y la representación de amores atroces, con su propia belleza, no hay hoy en la escena literaria coreana un autor con el ritmo y la energía de Park Sang Young. Impulsado por esa energía híbrida, este nuevo libro continúa proyectándose cada vez más lejos.

CAPÍTULO DOS
¡Queerizar la enfermedad y la familia!

L a familia es una constante recurrente en narrativas de minorías sexuales. Por un lado, la opresión y el conflicto de una familia incapaz de aceptar la homosexualidad. Por el otro, la libertad y el amor del protagonista LGBT+. Este lugar ya está muy trillado. En «Jaehee» y en «Un bocado de róbalo, el sabor del universo», aunque existe una disonancia con el orden familiar heteronormativo, se sabe que no es posible escapar por completo ni ser plenamente libres. Por eso, enredados con la familia, los personajes emiten un tono grave y melancólico.

¿Será la primera vez que tiene tanto peso la figura de una mujer heterosexual cisgénero en una novela cuyo protagonista es un hombre gay? «Jaehee» atraviesa los chismes incesantes de los compañeros que asisten como invitados a su boda y regresa a los primeros años de la universidad, a la relación entre ella y el narrador. Allí se retrata a estas dos personas, de pudor «un poco vago» (pág. 13) y que eran «lo marginal en persona» (pág. 11), compartiendo hasta el más mínimo detalle de la vida cotidiana. Acercándose, protagonizan rupturas seguras frente a hombres que arman escándalos. Para ambos, el otro es un rompeolas firme. Durante todo el período del servicio militar, Jaehee se convierte para el narrador en una «buena cortina» (pág. 15) y más tarde, a partir de un episodio en el que un hombre la acosa, la convivencia entre ambos comienza de manera natural.

Lejos de flaquear el ritmo ágil del relato, el aborto que Jaehee debe afrontar mientras duda cuál de dos hombres es el padre acelera aún más la narración. En lugar de un monólogo interior cargado de culpa femenina (tan habitual e incómodo), la escena se centra en el desahogo, cuando Jaehee, furiosa por la reprimenda unilateral de una médica moralista que la atiende mientras busca clínicas averiguando si es posible realizar una interrupción del embarazo (que aún estaba penalizada en Corea), roba un viejo modelo de útero y sale corriendo. Antes de ir al hospital, se pone un lápiz labial Dior recién comprado. No se amilana frente a la doctora y suelta todo lo que tiene para decir. Corre con el modelo de útero en la mano y entabla una conversación cercana con una enfermera. Al no perder de vista esta vitalidad de Jaehee, la novela se niega a consumirla como el estereotipo de la mujer que cae en la desesperación por un error momentáneo. Sobre todo, la vergüenza que pudo haber sentido ella frente a la ginecóloga que compara el cuerpo femenino con un «templo sagrado» (pág. 30) y critica «los valores relajados de moralidad y la vida de libertinaje distraída por el sexo y el alcohol» (pág. 29), se superpone con la humillación que sufre el narrador cuando le diagnostican una infección urinaria y escucha detrás de la cortina el susurro de unos enfermeros que lo llaman «Los desviados» (pág. 27). Ahí nace una identificación. Las prácticas sexuales de quienes no siguen la trayectoria reproductiva que enlaza embarazo, parto y crianza son sancionadas con dureza y patologizadas en una sociedad patriarcal, por apartarse de un modo de vida definido como «sexualidad normal». En un discurso médico muy ligado a la hegemonía de la heterosexualidad normativa, la experiencia de una mujer venerada o la de un hombre homosexual despreciado quedan colocadas una al lado de la otra. Mientras el narrador hierve con torpeza una sopa de algas para Jaehee, postrada tras la operación, y ella calma y despacha al estudiante de ingeniería que llega amenazando con revelarle a la familia que el narrador es homosexual, ambos llegan a comprender, a través del otro, que «vivir como gay puede ser una mierda» y que «vivir como mujer también puede ser una absoluta porquería» (pág. 35).

Sin embargo, la relación entre ellos no se desarrolla de manera liviana y complaciente como esa amistad segura e idealizada entre una mujer heterosexual y un hombre gay que suele circular en muchos relatos románticos populares. Cuando el vínculo entre ellos entra en fricción con la relación entre Jaehee y el (futuro) esposo, el lector debe medir la densidad de ambos lazos. La primera experiencia de una traición e ira intensas del narrador, que hasta entonces no había tenido mucho problema en que se conociera su orientación sexual, se funda en un sentimiento excluyente: el rechazo a que «las cosas que Jaehee y yo compartíamos, nuestra historia» fueran conocidas por un tercero. Al exigir que su relación con Jaehee sea «únicamente, nuestra. Para siempre» (pág. 41), y negarse a quedar reducido al rol cómodo del «amigo gay» aceptable para todos, el narrador se desprende de la posición liviana del personaje secundario. Un pasaje de la carta desgarrada que Jaehee le envía durante el período en que él está en el ejército («nos damos cuenta del verdadero valor de las cosas cuando las perdemos. Tú eres así», pág. 16) se superpone con el último mensaje de texto que le envía el estudiante de ingeniería al que llamaban «K3» antes de morir en un accidente de tráfico («Si la obsesión no es amor, entonces yo nunca amé», pág. 42). Este lenguaje afectivo desbordado transmite la intensidad de vínculos que rara vez logran adquirir significado social y plantea la pregunta de cómo es posible hacer el duelo cuando se pierden. ¿Las relaciones que no se integran a lo considerado «normal» por la sociedad están condenadas a ser transitorias y a quedar reducidas a la tristeza?

Pero, cuando le proponen matrimonio a Jaehee, el narrador vuelve a rumiar la existencia de ella, que siempre lo hacía reír. Cuando la última noche que pasan juntos se acuestan lado a lado sin poder dormir, la presencia del narrador, «compañero biológicamente masculino Jieun con quien convive hace tres años» (pág. 44) que la ha acompañado a Jaehee en su década de los veinte, no puede quedar solo como amistad. En su boda, el lugar que ocupa el narrador no es el del novio ni el del maestro de ceremonias, sino apenas el de un acompañante encargado de cantar una canción, pero cuando la voz se le quiebra en pleno canto, ella corre hacia él arrastrando el vestido de novia y comienza a cantar en su lugar, así ambos se convierten en los protagonistas de otro escenario. «Quédate siempre conmigo. Quiero entregarte a ti mis sueños» (pág. 50). Esa canción es la banda sonora de dos personas que atravesaron juntas la década de su juventud. En una sociedad donde toda relación que no pasa por el matrimonio, es decir, que no recibe validación pública y oficial, se considera incompleta o menor, ellos, que compartieron incontables secretos y se apoyaron mutuamente, mantienen otro tipo de vínculo amoroso, uno que nunca se domestica del todo por los clichés del amor romántico y del matrimonio. *Jaehee* es una comedia romántica protagonizada por ellos dos, una que ellos han creado con sus reglas en la que, de ahora en adelante, estarán el uno para el otro de maneras inesperadas.

Si «Jaehee» es una comedia romántica, «Un bocado de róbalo, el sabor del universo» es un melodrama familiar. En el centro de este relato se sitúa la relación madre-hijo al mismo tiempo que rememora a un amante y explora la figura coreana del «superior», a quien el narrador amó más que a nadie cinco años atrás. El narrador a sus treinta y un años se describe como un «homosexual con inclinación política de centroizquierda» (pág. 63). Cuida a su madre en un largo tratamiento contra el cáncer. Ante la situación sombría de prepararse para el final, la obra no idealiza a la madre ni intenta una reconciliación apresurada. Las escenas muestran con todo detalle cómo esta madre a «sus cincuenta años y políticamente de centroderecha», que «practica el evangelismo hace más de cuarenta años» y, por encima de todo, es «una mujer obstinada», sigue sin abandonar el discurso obsesivo del matrimonio y cómo, durante el proceso de cuidado, logra «enloquecer a cualquiera» (pág. 78) con sus exigencias altivas y atronadoras. La obra está atravesada por un humor negro descarnado.

El conflicto entre ambos se remonta a un pasado lejano. El primer año de secundaria, la madre del narrador lo descubre besándose con otro estudiante dos años mayor y lo interna en un hospital psiquiátrico alejado de Seúl. En ese proceso, el diagnóstico de los médicos es que «la que necesitaba tratamiento urgente era ella» (pág. 76). Aun así, amparándose en la religión, rechaza tanto la terapia como la medicación. Este episodio queda enterrado como un tabú. Sin embargo, la violencia y la opresión ligadas a ese intento de «corrección» adquieren una dimensión más compleja porque el narrador ha observado de cerca, como nadie, la vida que su madre llevó. Tras divorciarse de su marido infiel, que además llevó su negocio a la quiebra, ella se hace famosa como agente matrimonial y cuando recibe el diagnóstico de cáncer de útero, grita: «¡Aleluya!», como si hubiera ganado la lotería. En el tono cómico de esa escena se condensa una realidad económica nada sencilla: solo gracias al dinero del seguro por diagnóstico oncológico puede terminar de pagar la hipoteca del apartamento. Su obsesión con el matrimonio y su agresividad hacia su hijo son producto de la crisis financiera que alimentó el auge del mercado matrimonial y la figura de un padre ausente.

Sin embargo, el narrador no busca refugio del conflicto y de la obsesión represiva de la madre en un amor feliz. Conoce a un hombre doce años mayor: un editor *freelance* que también tiene problemas con su madre, alcohólica, y no disimula «ese aspecto de viejo gay negador» (pág. 86), que pertenece a la «última generación de activistas universitarios» (pág. 103), profundamente incómodo con todo lo que huela a imperialismo estadounidense. Ante la seriedad con la que este hombre discute, incluso frente a un bocado de róbalo, «el sabor del universo» (pág. 80), el narrador pierde la capacidad de discernir sus propios sentimientos y cae en su juego, indefenso. Pero este hombre con el que pensó que formaba una «pareja ideal de descartados» (pág. 86), con quien compartía tantas cosas, incluida una madre enferma, se siente demasiado incómodo caminando con él a plena luz del día. Se repliega y es incapaz de reconocer su relación delante de un matrimonio de compañeros de carrera que se ríen diciendo que la homosexualidad es una mala costumbre importada de Estados Unidos y vive atrapado en la paranoia de creer que, por su pasado como presidente del centro de estudiantes, todavía hoy debe de estar bajo vigilancia del gobierno. El conflicto entre ambos alcanza su punto máximo cuando el narrador descubre en la computadora de él muchos artículos archivados que catalogan la homosexualidad como una «enfermedad» o un «síntoma». Se queda «frío» y de golpe siente que «quería recibir disculpas» (pág. 110), «no de otra persona, sino de mi mamá» (pág. 110). El hecho es decisivo. El narrador comprende que su madre es la causa de una ira a la que tarde o temprano tendrá que volver a enfrentarse, una presencia absoluta de la que no hay escapatoria.

Irónicamente, cuanto más quisiera alejarse de ella, más se superponen sus experiencias. Cuando el hombre le dice con un tono liviano que ahora debería conocer a una buena persona (a una mujer), la imagen desoladora frente al plato de pastas que le cocinó hace espejo con la de su madre observando al padre jugar al bádminton con su amante. En la figura de la madre que, después de la operación, con «la bolsa de sangre y los tubos colgándole del abdomen, (…) se levantaba como un rayo a las cinco de la mañana y se sentaba en la cama» (pág. 117), reza y copia versículos bíblicos, el narrador lee un «deseo infinito dirigido hacia mí mismo» que él mismo había padecido durante mucho tiempo. El deseo de la madre por ser la «que ama a Jesús y se entrega a la vida con más fervor que nadie» (pág. 117) coincide con los sentimientos que el narrador tuvo en otro tiempo hacia el hombre. La frase de la madre «y te tenía en brazos, sentía una plenitud enorme» (pág. 128) continúa en la del narrador: «Mientras lo sostenía en brazos, sentía que tenía el mundo entero en mis manos. Como si estuviera abrazando el universo» (pág. 132). Cinco años desde que se separaron, los anhelos no correspondidos reaparecen ahora en la figura de la madre dirigidos hacia él. Del mismo modo que quiso aferrarse a aquel hombre cuanto más comprendía que era «un mundo desconocido» (pág. 114) y fracasó, el narrador comprende ahora que él mismo también pudo haber sido una gran incógnita para su madre, una presencia que le hacía sentir que la vida avanzaba en una dirección no deseada. En el sueño del narrador, la madre ya no va en el Matiz rojo, sino en el «Volvo estadounidense. El coche más seguro del mundo» (pág. 129). Aun así, el vehículo cae por un precipicio y se hace añicos. El narrador enfrenta la pérdida de su madre como una escena de muerte transfigurada en flores. ¿La está perdonando o se está vengando de ella? La respuesta no es tan simple. Si aquí hay comprensión y perdón, el narrador, que durante tanto tiempo se desesperó por ser aceptado tal como es por una madre cristiana y por el amante que siempre lo vio como un sujeto a corregir, apenas lo consigue en sueños. El sentimiento hacia una familia a la que se ama pero que no se sabe querer es diseccionado con una crueldad implacable. La novela mira de frente cómo el amor y el odio se adhieren de manera indistinguible, del mismo modo que la patologización y la normalidad son las dos caras de una misma moneda. El hecho más significativo es que la madre (que patologizó la homosexualidad con mayor vehemencia) y el amante estuvieran más sedientos de afecto y reconocimiento que nadie, y que solo pudieran sostener la vida apoyándose en un dios invisible o dándose importancia creyendo que los vigilaba el Estado. Frente a esto, el narrador se pregunta una y otra vez: «¿El amor es realmente algo hermoso?» (pág. 117, 124). Parece que ya sabemos la respuesta. Hay afectos que no son más que «un tipo de amor que arroja el cuerpo entero a una oscuridad total» (pág. 117) y ese amor no está tan lejos de un odio punzante. Lo único que parece posible ahora es «Desear que (ella) muera sin saber nada» (pág. 133). Para cerrar su amor y su odio, ella debe morir. Pero más allá de ese deseo atroz, tal vez haya compasión, el deseo de que ella nunca llegue a conocerlo. Donde no es posible comprender ni perdonar, las palabras no dichas se dispersan en pedazos. La novela observa en silencio la explotación psicológica que la cercanía de los vínculos permite con facilidad, el odio sin salida y el círculo vicioso de culpa por no amar a la familia, repitiendo una y otra vez hasta qué punto es una institución extraña.

Es imposible explicar los sentimientos del relato más extenso y más logrado de este libro, «Un bocado de róbalo, el sabor del universo». Hay amores que solo existen a partir de la impotencia y desesperación que vacían por completo al sujeto. Amores en los que, a pesar de saber que esa entrega trae más soledad, no puede dejar de suplicar con desconsuelo que alguien, aunque sea una sola vez, lo mire tal como es. Sin embargo, el narrador que le había dado la espalda a su madre y se había marchado, regresa sin darse cuenta y queda de pie, en silencio al lado de ella, observando el sol sobre el rostro de su madre, que se va apagando a causa de la enfermedad. Le queda una sola certeza: que, por más vacío que sea, es un amor al que nunca podrá renunciar.

CAPÍTULO TRES
(Im)posible heterotopía *queer*

«Amor en la gran ciudad» y «Vacaciones durante la estación de lluvias tardía» trazan la geografía *queer* de la narrativa de Park Sang Young unidas de manera laxa por la figura de Kyuho. La primera contiene tanto el encuentro como la ruptura con él. Las descripciones que acompañan el recuerdo del primer encuentro con Kyuho en un club de Itaewon revelan que el verdadero protagonista de este relato es la ciudad de Seúl, una metrópolis iluminada por neones. Bajo «láseres verde intenso que parecían capaces de dejarte ciego en cualquier momento» (pág. 139) y un letrero de neón que dice DON'T BE A DRAG. JUST BE A QUEEN (pág. 140), los amigos T-ara beben como si no hubiera un mañana. En medio de ese caos, empujan al narrador, quien cae al suelo y termina besando a Kyuho, la primera vez que lo ve.

El nombre de Kyuho, que trabaja como *bartender* mientras estudia para ser auxiliar de enfermería, pronto se vuelve especial: hace que todo y nada brillen, y se transforma en la «hermosa ciudad de Seúl» (pág. 156) del narrador. Sin embargo, el problema para empezar una relación seria con él no es una vida «al salario mínimo», la de «el que se sienta desorientado en la entrada del teatro vendiendo programas que nadie compra» (pág. 145), ni tampoco el papel de «la tía abuela de casa tradicional que cuida con esmero a los chicos cuando están hechos polvo de tan borrachos» (pág. 146). En lo alto del parque Naksan, el narrador le revela a Kyuho la existencia de «Kylie»: «Hace más de cinco años vive conmigo. No es distinto de un miembro de la familia. Tal vez incluso más que familia» y, a la vez, «otro yo» (pág. 167).

La novela logra transmitir qué es «Kylie» sin mencionar una sola vez las siglas VIH. Al no nombrar la enfermedad, el texto recuerda hasta qué punto el virus ha funcionado en la sociedad coreana como una «enfermedad metáfora», convertida en alteridad. El clima social que en lo sexual exige, insistente, la confesión, convierte al sexo en un territorio de sentido y verdad que debe descifrarse y empuja al confesor al lugar de objeto de una gestión biopolítica de la vida. Sin embargo, en el momento en que el narrador, apelando a su habilidad para «poner apodos originales» (pág. 143), le otorga un nombre bonito («Kylie»), escapa de la mirada de censura y de la violencia impuestas desde afuera sobre lo sexual. No es que Kylie esté en el centro de la tragedia. Por el contrario, es gracias a Kylie que se completa una pieza de su propia identidad. Desde luego, el poder del nombre no borra por completo lo grave de la realidad. Kylie es lo que le impide tener relaciones sexuales con Kyuho y también le da una ansiedad enorme ante el examen médico, último obstáculo para conseguir trabajo. Pero cuando el narrador se repite que «en la vida no se puede tener todo» y afirma con convicción «Kylie./ Esto es solo mío» (pág. 175), la resonancia de esas palabras, ya despojadas de ingenuidad, nace de la afirmación de una nueva subjetividad en construcción.

Al introducir el problema de «Kylie», la novela deja atrás dos lugares comunes: por un lado, la tendencia a presentar el amor *queer* como algo más «romántico» en oposición al amor heterosexual. Por otro, la idea de concebirlo como una práctica «radical» que viola las convenciones sexuales. Kyuho acepta plenamente a la Kylie del narrador con un «daba igual, tú eras tú» (pág. 169), pero cuando ambos empiezan a soñar con una nueva vida en Shanghái, Kylie vuelve a interponerse. Para quedarse más de seis meses en Shanghái es necesario realizar un análisis de sangre y, tras leer una noticia sobre el endurecimiento reciente de los controles de enfermedades de transmisión sexual en China, el narrador decide dejar partir solo a Kyuho. Es significativo que, en la novela, el espacio de Kyuho se vaya expandiendo progresivamente de Jeju a Incheon, de Incheon a Seúl, de Seúl a Shanghái, mientras que el espacio del narrador permanece relativamente fijo. Se ha tendido a pensar que la libertad sexual *queer* puede explorarse con mayor amplitud dentro de la «gran ciudad», pero para quienes están vinculados a una enfermedad tan patologizada, las fronteras urbanas operan como dispositivos de control y restricción mucho más severos. Por eso, el lugar que finalmente le queda al narrador es el aeropuerto dentro de la metrópolis. Su figura solitaria, regresando en el tren del aeropuerto sin haber podido cruzar a Shanghái, se superpone con la escena inicial de la sección, cuando vuelve solo tras no haber podido viajar a Japón por tener el pasaporte vencido. El hecho de que, para alguien que vive con Kylie, la libre circulación no esté garantizada recuerda que su pasaporte (su ciudadanía) siempre estará incompleto. Y también es evidente que esa ciudadanía a medias refleja los límites que hoy enfrenta la política *queer* en Corea.

La única manera de darle una doble lectura a «Vacaciones durante la estación de lluvias tardía» es pensando en la dimensión política de esta geografía *queer* de Asia Oriental donde el escenario es Bangkok. Este relato funciona como un epílogo que, tras la ruptura con Kyuho, dibuja con delicadeza los momentos más bellos que quedaron, como un *In the Mood for Love* residual. En Bangkok, Kyuho y el narrador compran una caja de «medicamentos genéricos» que funcionan como un método de prevención accesible y deciden que «Kylie también está de vacaciones» (pág. 211). Salir del hotel y caminar sin rumbo, subir a un barco en el río y encontrarse de inmediato con la tormenta de la estación tardía de lluvias, correr empapados por calles y terminar tendidos juntos en el suelo, entrar en una *guest house* cualquiera y tener sexo en una habitación miserable. Cada uno de esos momentos se despliega con cuidado, como un paraíso que quedó sellado. Sobre todo, la escena descrita como «por primera vez en dos años de relación, sexo sin preservativo» (pág. 220), en la que todo el tiempo se borra y solo permanece con nitidez «el sudor que se le había acumulado en la nariz [a Kyuho]» (pág. 220), es libre y hermosa como una larga exhalación tras haber aguantado la respiración bajo el agua. ¿Ese instante de unión plena y libre fue posible porque estaban en Tailandia, el espacio más *queer-friendly* de Asia? Bangkok, una ciudad donde no solo en las habitaciones sino también en la vía pública es posible tumbarse y cubrirse del cielo como si fuera una manta, remite al camino de madrugada que, cuando recién empezaban a salir, les dio «la sensación de estar en una distopía donde todo se había ido a pique y solo quedábamos nosotros dos» (pág. 213). Así, la ciudad configura una heterotopía *queer* capaz de hacer posible una sexualidad placentera.

Sin embargo, cuando el narrador regresa a Bangkok tras la ruptura con Kyuho, esta vez acompañado por su pareja de *cruising*, «Habibi», la heterotopía *queer* ya no se sostiene. Habibi, un empresario singapurense de origen malasio, formado en economía en Estados Unidos, tiene a «Lu», «Podía ser [nombre de] hombre o de mujer»; en las conversaciones entre ambos, en una mezcla de inglés y chino, aparece que «alguien de su familia tenía cáncer y le pedía que regresara lo antes posible» (pág. 206). Las descripciones que rodean a Habibi reflejan de manera directa una hibridez propia de Asia Oriental. Sin embargo, esa hibridez no logra recrear la heterotopía *queer* que el narrador y Kyuho habían compartido: los momentos de unión intensa bajo la lluvia torrencial, la fusión deslumbrante, el sudor vívido sobre la nariz. Habibi, siempre de viaje por trabajo, no había buscado más que «a cualquiera que le ofreciera una voz» cuando entró en la habitación (pág. 221). Al reconocerse como una existencia reemplazable, el narrador se sumerge solo en la bañera de la habitación de hotel de Habibi y se queda dormido. Mientras tanto, los fuegos artificiales pasan y se extinguen. Tailandia, en la estación tardía de lluvias sin Kyuho, se transforma: la lluvia que antes caía con una densidad feroz da paso a una bañera melancólica. Los días deslumbrantes han quedado atrás y no pueden recuperarse. Este sentimiento, en el que lo imperecedero y lo efímero se convierten en uno, ocupa un lugar central en este libro.

CAPÍTULO CUATRO
Una escritura que titila como neón

En estos cuatro relatos, que parecen estar unidos por una escritura autobiográfica, los personajes son viajeros empapados por la lluvia. Se desplazan sin cesar entre espacios heterogéneos donde el anonimato está garantizado y viven en un presente perpetuo, pero arrastran en maletas cada vez más pesadas emociones pegajosas y viscosas que, impregnadas de melancolía, no logran evaporarse con ligereza.

En ese marco, Park Sang Young redefine el sentido mismo de la escritura. En «Vacaciones durante la estación de lluvias tardía», el narrador se había aferrado a la escritura como un modo de conservar durante mucho tiempo a Kyuho «a salvo, preservados con nobleza detrás del vidrio» (pág. 202); ahora, sin embargo, comienza a aceptar el hecho de que el «Kyuho real respira y sigue caminando, una y otra vez, por su propia vida» (pág. 226), y con ello asume la brecha cada vez mayor entre su texto y la realidad. Si escribir fuera un acto de taxidermia de la memoria, una forma de dejar todo fijado, entonces para el narrador no significaría nada. El momento en que constata que «solo quedo yo, escribiendo» (pág. 226) aparece descrito como un vacío. El amor y la escritura no son isomorfos, y una escritura narcisista que converge únicamente en el yo carece de todo sentido para Park Sang

Young. Una escritura que se conserva segura en un estado acabado se opone al recuerdo del farol flotante que, al final de «Vacaciones durante la estación de lluvias tardía», ondea un instante y luego cae al mar abierto. Park Sang Young parece declarar que, si nada puede ser eterno, prefiere arder de forma gloriosa, que elige una vida que exista siempre solo en el aquí y ahora. En los dos únicos ideogramas de «Kyuho» (pág. 227), escritos en el farol, se condensa el deseo de que todo lo demás puede desecharse, salvo el amor. Pero el autor también sabe que incluso ese anhelo acabará desgarrándose y cayendo, que, por más profundamente que se haya amado, algún día el otro dará la espalda y se alejará, y que, de ese modo, todo terminará por desaparecer. Por eso, su pluma no va hacia una prosa pesada que fija y solidifica, sino hacia una escritura infinitamente ligera, que titila y se apaga como un neón.

Esto evoca las obras en neón de Tracey Emin, compuestas por textos breves y livianos, casi como fragmentos arrancados de letras de pop como *Just love me/ Love is what you want*. Emin ha dicho en reiteradas ocasiones que el neón siempre se asocia con lo inmoral, pero también ha hablado de su sensualidad. El neón no solo brilla con intensidad, sino que es dinámico, vibrante. Park Sang Young, en la nota a «Un bocado de róbalo, el sabor del universo» incluida en la *Antología de obras premiadas del 10.º Premio Jóvenes Escritores 2019*, vuelve a referirse a la sensación de «no pertenecer a este lugar». Cuando dormía a intervalos en Nueva York, solo en sueños lograba, por fin, «estar bebiendo y riendo con ellos en un lugar resplandeciente, siendo parte con total naturalidad del interior de la gente». La gran ciudad iluminada por neones deslumbrantes, los sueños, el alcohol y la risa. Bien podría decirse que ahí reside el núcleo de la escritura de Park Sang Young. Y que esos neones brillan con mayor fuerza precisamente porque, al final, quedarán rodeados por una oscuridad melancólica y solitaria, es algo que tú también sabes bien. «Welcome to the PSY's Universe!». El neón de Park Sang Young titila ahora, te tiende la mano hacia tu soledad. Ojalá no dejes pasar ese neón seductor.

PALABRAS DEL AUTOR

Ya es mi segundo libro.

Mientras escribía no lo sabía, pero durante el proceso de reunir y corregir los relatos para convertirlos en un libro, muchas veces sentí vergüenza. Porque gran parte de este libro se apoya en los «tiempos pasados» de mi vida y también de las vidas de muchas personas que me rodearon.

En aquellos años, aunque pensaba que quería vivir plenamente siendo yo mismo, me era muy difícil soportar quien era. Creo que estas dos emociones contradictorias en cierta medida terminaron incomodando a los que estaban conmigo. Que además haya escrito un libro con un título tan grandilocuente como *Amor en la gran ciudad* sobre un tema así me hace pensar que no soy muy escrupuloso... pero ¿qué se le va a hacer? A todos los que (aunque nunca serví para una buena relación) me invitaron a beber, compartieron conmigo una parte de sus vidas y en algunos casos hasta me entregaron sentimientos valiosos, a esos vínculos de los que hoy me alejo, pero que en algún momento ambos dimos lo mejor de nosotros, quiero expresarles mi agradecimiento de todo corazón.

Durante el año y un poco más que tardé en escribir y corregir este libro, cambiaron muchísimas cosas. El Tribunal Constitucional declaró la inconstitucionalidad condicionada del delito de aborto y a partir de eso el aborto dejó de tener vigencia como «delito». Los medicamentos para la profilaxis preexposición al VIH (PrEP) recibieron la aprobación del organismo regulador de medicamentos y comenzó a otorgarse cobertura del seguro médico a los grupos de alto riesgo de infección. Como escritor, me siento obligado a representar al mundo en su inmediatez y el hecho de que los cambios de la sociedad a la que pertenezco sean tan vertiginosos puede ser abrumador. Sin embargo, al menos como ciudadano, me es profundamente grato comprobar que la sociedad avanza a una velocidad que ni siquiera mis textos pueden alcanzar.

El narrador llamado Young, presente en los cuatro relatos de este libro, es una y muchas personas distintas al mismo tiempo. Es el yo que escribe estas líneas y a la vez alguien muy distante de mí. Puede ser alguien que tú conoces bien o incluso una imagen de ti mismo que te resultó tan difícil que preferiste apartar la mirada. Antes que escritor, como alguien que atravesó los años dos mil con intensidad, y como ciudadano de Corea del Sur, para mí era absolutamente urgente escribir y hablar de estos temas.

Hasta el punto de poner sobre la mesa todo lo que soy.

Al abordar de frente cuestiones que pueden resultar sensibles, procuré no olvidar que yo tampoco estoy libre de estos problemas y que además no soy una persona perfecta ni intachable. Les juro que requirió una buena dosis de valentía.

El año pasado, después de publicar mi primer libro, recibí por primera vez lo que podría llamarse *feedback* de lectores. Entre esos mensajes hubo palabras buenas y malas, y algunas francamente difíciles de soportar, pero hay unas que recuerdo de manera especial.

«Gracias por escribir nuestra historia, mi historia» eran palabras contenidas en notas que me enviaron personas que se identificaban como sujetos *queer* o que se encontraban atravesando situaciones emocionalmente muy duras. En realidad, en la vida cotidiana soy un tipo temeroso y con un alto nivel de ansiedad. Sin embargo, las palabras sinceras que escribieron, junto con el esfuerzo y el coraje que habrán juntado para hacérmelas llegar, hicieron posible al yo de hoy así como este libro. Deseo de corazón que esa valentía y ese empeño te lleguen también a ti, que estás leyendo este libro en algún lugar, quizá encorvado o en una postura incómoda.

Cuando escribo (o también al atravesar la vida cotidiana) la mayor parte del tiempo estoy desorientado, como si vagara solo entre el polvo, pero a veces ocurre algo distinto. Como si la mano tocara algo, se siente un calor. Me atrevo a decirle «amor». Sé muy bien lo frágil que es la emoción del amor, lo frágiles que son esas palabras. Aun así, no me queda otra opción que volver a apretar el puño y abrazar ese calor mínimo. No puedo dejar de decir que amo mi vida, que amo este mundo. Solo para poder vivir siendo yo. Para vivir esta vida únicamente como yo mismo.

Verano de 2019, en mi amada gran ciudad, Seúl.
Park Sang Young

¿TE HA GUSTADO
ESTA HISTORIA?

Escríbenos a...

plata@uranoworld.com

Y cuéntanos tu opinión.

Conoce más sobre nuestros libros en...

plataeditores

PlataEditores